Spirale familiale autour d'un solstice.

ZinkAnnie

Spirale familiale

autour d'un

solstice

2016 ZinkAnnie

Edition : BoD - Books on Demand
12/14 rond-point des Champs Elysées
75008 Paris
Imprimé par BoD – Books on Demand, Norderstedt

9 782322 132980

Dépôt légal : décembre 2016

Avertissement :

Quelques rares personnages de ce livre sont amenés à expérimenter la téléportation.
Ces pratiques sont réservées à certains êtres « virtuels ». Le degré de dangerosité pour des terriens non préparés n'ayant pas été évalué, nous vous recommandons la plus grande prudence.

1 -Disparitions.

« Celui qui disparaît aux yeux des ignorants, réapparaît sous le regard des sages » Professeur Déteckt Yves.

La porte s'ouvrit brutalement, laissant surgir un petit homme tout rond et tout rougeaud.
-« Cessez immédiatement vos pets idiots, l'heure est grave. Mamie casse-croute beurre –camembert a disparu ». Le jeune Lucas eut à peine le temps de retenir son dernier projet : un bref pet accompagné d'un rot plus sobre. Papi *'boîte à tout'* avait bien saisi l'intention de son petit-fils, et d'habitude il aurait sauté sur l'occasion pour le devancer, montrant sa rapidité et son

expérience dans ce domaine. Mais là, l'inquiétude était telle, que même une esquisse de sourire malicieux ne put éclairer son visage. Betty la petite dernière glissa de son rehausseur pour aller se blottir dans les bras de son papi.

-« Mamie est partie chercher le carembert pour mon cassecoute » ânonna-t-elle.

-« Je ne crois pas, elle a fait les courses hier » soupira papi.

-« Bon pas de panique, il faut s'organiser » ajouta Adélaïde d'un ton de mère/commandant chef.

-« Les enfants, nous allons fouiller la maison. Et toi papi prends 'Croc Jaune' pour t'aider dans les recherches au jardin. »

Mamie *Casse-croute-beurre-camembert* était distraite ces

derniers temps, surtout depuis qu'elle avait vu son chanteur préféré sur scène et qu'il lui avait écrit un petit mot sur son tee-shirt fétiche à la sortie du concert. Cela faisait déjà quinze jours et elle avait du mal à reprendre ses petites habitudes de mémère de soixante-cinq ans. Même ses cours de couture si passionnants la rebutaient. Ses copines lui semblaient futiles. Elles n'avaient même pas remarqué l'autographe parmi les motifs fleuris de son tee-shirt. Il faut dire que ce dernier n'avait pas été lavé depuis l'événement et que quelques tâches en ornaient le devant.

Cet habit, elle l'avait elle-même peint sur un coton venant tout droit de Pondichéry. Et elle avait lu sur le site marchand que les employés hindous étaient respectés selon les principes du commerce équitable et que le coton, il était bio. Alors bon, elle avait fermé les yeux sur un transport polluant et un prix un peu élevé.

Elle aurait tellement aimé aller en Inde, elle croyait même y avoir vécu dans une vie antérieure. Donc, elle avait peint un paysage sur ce tissu venu d'ailleurs. Finalement son dessin ressemblait beaucoup à une photo de vacances, prise en Ardèche. Et là, elle y était allée, à plusieurs reprises, allant même jusqu'à rêver d'y habiter. Cette étoffe assemblée par ses petites mains agiles et signée par son idole était un chef d'œuvre imprégné de rêve.

Bref, les recherches étaient lancées. Même les voisins étaient aux aguets, cherchant la moindre trace de notre petite dame égarée. Il faut dire que ceux qui semblaient de simples habitants du quartier étaient en réalité plus ou moins de la famille : oncles, neveux, frères, sœurs, parents… Quant aux autres qui arrivaient là par hasard, ils se sentaient vite adoptés par cette grande fratrie. On leur imaginait des liens familiaux improbables, et tout le monde finissait par y croire. C'était un petit monde à part, avec ses croyances et ses lois : une « Auroville » miniature, aux accents franchouillards.

Croc Jaune lui aussi était introuvable…sans doute en train de dormir à l'ombre du grand chêne.

Celui sous lequel la famille se réunissait à chaque solstice pour fêter les unions et les naissances (enfants, poussins, chatons, chiots, cochons d'inde etc…). Depuis des générations, on y enterrait les animaux familiers, on y chantait les joies et les chagrins, on parlait aux disparus…C'est vous dire si ce lieu semblait sacré.

 Et c'est là aussi que voilà bientôt douze ans, Gérald le fils de papi, avait découvert un chiot tremblant de froid et de faim. Quand cette petite bête avait levé les yeux vers lui, ce fut à l'époque un véritable choc. Ce chiot avait exactement le même regard que sa peluche préférée quand il était petit (celle qu'il gardait secrètement dans un petit coffre de bois sous son lit).

Gérald su tout de suite que cette boule de poils lui était destinée, envoyée par une sorte de force invisible qui parfois, se déguise et se fait appeler hasard.

Mais au fil des repas, la famille comprit vite qu'il faudrait beaucoup de patience pour que ce jeune chien reprenne des forces : il n'avait qu'une seule et unique dent bien jaune ! Les menus furent adaptés et Toutou fut rebaptisé Croc Jaune en un rien de temps, juste en une petite cérémonie, sous le vieux chêne bien sûr.

2 –Recherches

« Cherchons comme ceux qui doivent trouver et trouvons comme ceux qui doivent chercher encore » Saint Augustin.

Pourquoi « Papi Boite à tout » avait ce surnom ? Les initiales B.A.T. comme Batiste, et par ce qu'il avait toujours le bidule introuvable dont on avait besoin, dans une des boites dispersées dans ses cabanons.

Papi Bat aurait donc dû arpenter les environs à la recherche de sa sœur, mais il préféra s'assoir au bord de la petite marre. C'était un contemplatif et ses rêveries agaçaient parfois sa belle-fille. Là, il sentait que cette petite pause était nécessaire pour rassembler ses esprits. Son regard allait du potager au massif de fleurs, de la balançoire au fil à linge. Il aimait regarder les étoffes danser au gré du vent. Il adorait les mélanges de couleur, à chaque fois renouvelés au fil des lessives et des saisons sur cette corde à linge. Il faut dire que mamie avait le chic pour créer un tableau à tout nouvel étendage, alternant une petite culotte avec une chemise ou une robe de manière presque artistique. Et papi savait à coup sûr qui avait épinglé le linge. Adelaïde se souciant peu des assortiments, visait plutôt le côté pratique et le résultat final, c'est-à-dire un séchage rapide et peu de repassage. Voilà où papi Bat en était dans ses pensées quand un détail frappa son esprit : Il y avait un

espace incohérent entre deux
« petites » culottes, comme un
indice, un appel….

De son côté Adélaïde organisait
les recherches à l'intérieur de la
maison. En effet Einna, notre
fameuse mamie casse-croute beurre
camembert habitait avec eux depuis
peu. Sa petite maison mitoyenne
était en travaux, la toiture avait été
éventrée par un objet non identifié.

Cette nuit de pleine lune, ceux
qui ne dormaient pas encore, avaient
bien vu une sorte de gros caillou
déchirer le ciel et percuter en silence
la petite maison. Aucun bruit, aucun
éclat et surtout aucun débris. La
seule trace de cet évènement furtif
était ce trou béant dans la charpente

et les tuiles dispersées au sol. Les journalistes du coin avaient été bien embêtés pour couvrir l'événement. Et il faut bien avouer que certains membres de la famille qui passaient pour de doux illuminés, ne les avaient pas aidés dans leur enquête. Eux si bavards d'habitude, restèrent muets durant quelques jours, allant jusqu'à détourner le regard à l'approche des curieux. Les investigations cessèrent vite.

Donc Adelaïde était à l'étage des chambres. Elle soupirait de plus en plus en regardant sous le lit de Lucas. On y trouvait des mouchoirs en papier, des boites vides de tic-tacs et surtout des chaussettes…de celles qui perdent leurs sœurs jumelles. Elle jugea bon aussi de vérifier

placards et armoires : pourquoi ?
Peut-être une petite curiosité, il y
avait longtemps qu'elle n'avait pas
osé fureter dans l'univers de son fils
aîné. Elle n'espérait quand même pas
y trouver mamie entre deux
étagères ! Cette chambre était dans
un tel désordre !

Adélaïde rêvait d'une maison
bien rangée où rien ne dépasserait,
une sorte de reproduction de
caserne. Son père était militaire et
elle avait gardé une certaine
nostalgie de cette époque où tout
était rangé, organisé, prévu et écrit
ou dicté par on ne sait quel décret.
Mais en se mariant à Gérald et en
entrant dans cette famille, elle avait
dû renoncer à ses envies d'ordre et
de sérieux. Et elle ne devait jamais

oublier que, c'est cette fantaisie qui l'avait charmée. Elle ramassa machinalement trois cahiers couverts de l'écriture amusante de son ado et un livre corné. « Pensée et imaginaire dans le quotidien » était le titre de l'ouvrage.

Lucas avait des passions et des goûts variés. Il avait étudié les minéraux, les insectes, les volcans, l'astronomie, l'architecture, l'Égypte, les énergies renouvelables, les peuples indigènes etc...et tout ça avec une telle ferveur. En fouillant mieux dans les tiroirs, sa mère aurait pu découvrir des ouvrages de philosophie, de sociologie, mais aussi des traités de spiritualité, des livres de prière, de magie, de sorcellerie, des articles de presse sur différents génies (Tesla, Einstein etc…).

Mais voilà que Betty arrivait, Adélaïde eut juste le temps de cacher les cahiers sous le meuble en coin. Elle se promit de ne pas trop en lire, même si elle souhaitait secrètement savoir si Lucas avait une petite amoureuse. Et elle pensait bien trouver des indices dans les écrits de son fils.

Ce dernier avait pour mission de fouiller la salle à manger, le salon et le débarras. Il aurait préféré courir dehors par un si beau temps. Il aurait même pu rejoindre son pote Fabien au bord de la rivière. Ensemble ils auraient maté les deux jeunes filles qui venaient se faire bronzer tous les après-midi. Mais sa mère en avait décidé autrement, et il faut avouer que Lucas n'était pas mécontent de se rendre utile en participant à la recherche de sa chère mamie casse-croute beurre-camembert.

Il décida tout d'abord de vérifier toutes ses anciennes planques de cache-cache, celles où la vieille dame avait réussi à disparaître avec sa sœur jumelle, il y a peu de temps encore. Les deux petites dames étaient de véritables pros quand il s'agissait de se dissimuler. Elles pouvaient se contorsionner de manière stupéfiante tellement la malice et la joie du jeu les motivaient. Lucas vérifia donc chaque cachette, se remémorant les moments de complicité. Il souhaitait retrouver Mamie casse-croute beurre-camembert au plus vite, et surtout avant la pleine lune.

Lucas avait prévu de lui montrer ses cahiers de recherches et ses hypothèses sur la téléportation et le pouvoir de la pensée, et surtout des images. Il aurait tellement aimé préparer un exposé, une sorte de mini-conférence avec Einna la fameuse mamie casse-croute camembert et Mélusette sa sœur jumelle. Et la pleine lune était propice à ses révélations pensait-il….

3- Souvenirs d'un solstice d'hiver.

« Se souvenir pour pouvoir prédire et penser l'avenir » Barnabé Tise.

Ah si Mélusette était là, elle pourrait les rassurer. Toute la famille se réunirait dans sa cabane qui sentait bon le patchouli, l'encens, et quelques fois un peu le cannabis. Elle sortirait sa boule de cristal et son jeu de tarot et mamie serait vite retrouvée. Oui, tout le monde reconnaissait des pouvoirs de divination à Mélusette. Et les liens invisibles très forts unissant les deux sœurs en faisaient, comme disait Betty : deux « gentilles-fées-sorcières ».

Surtout depuis cette nuit du vingt décembre deux mille trois. Gérald et Adélaïde s'était couchés tôt ce soir-là. Ils étaient épuisés par cette journée de préparation des fêtes du solstice d'hiver. Famille et amis étaient conviés à se réunir sous le grand chêne pour célébrer ce changement de saison. Cette année le cercle des invités s'était élargi : le maire de la commune était invité. Il faut dire qu'il était très intrigué par ce qui se passait dans ce petit monde à part et qu'il voyait d'un bon œil cet endroit légèrement différent. Alors, pensez-bien, quand il avait reçu cette invitation, il n'avait pas hésité une seconde. Avec le maire, il y aurait sûrement moyen de négocier quelques arrangements pour la communauté, alors la famille avait décidé d'ouvrir ses portes en cette occasion.

-« Il ne manque plus que les journalistes » pensait Papi Bat en regagnant sa maisonnette, un peu chiffonné par cette intrusion du monde extérieur.

Donc, en cette veille d'hiver, Gérald et Adélaïde quittèrent la salle à manger avec un petit air malicieux, les énergies du solstice faisant en général un effet puissant sur le couple. Les sœurs jumelles s'étaient elles aussi éclipsées, chacune de leur côté sur la pointe des pieds. Le petit Lucas qui avait trois ans à l'époque, dormait paisiblement. Bref une soirée de pleine lune tranquille. Mais à peine une demi-heure après avoir rejoint leurs foyers respectifs les deux sœurs se mirent à trembler, les yeux fermés, la bouche grande ouverte, un léger filet de bave coulant au coin des lèvres. Le spectacle n'était pas vraiment très beau !

Subitement, à quelques mètres d'intervalle et sans se concerter ou se voir, elles saisirent un crayon pour griffonner d'une écriture inconnue ces quelques mots :

-« *Je veillerai éternellement sur vous. Ne pleurez pas, je suis votre ange depuis toujours, je passe juste et je ne vous quitte pas vraiment. J'éclaire vos cœurs, à vous de ne pas éteindre la flamme de vos larmes de tristesse ou du souffle de vos soupirs. Anaëlle. PS : les hommes en blanc ne savaient pas*».

Elles glissèrent respectivement cette missive dans une enveloppe où elles notèrent *: «à ouvrir le 21 juin 2004».*

Au même instant, les amoureux s'endormaient après avoir vécu un moment divin. Leurs corps et leurs esprits s'étaient unis dans une osmose peu commune : une étincelle avait jailli, une nouvelle vie était créée cette nuit-là.

Einna et Mélusette cachèrent chacune leur enveloppe, se promettant de ne pas divulguer ce moment étrange de leur vie. Elles s'endormirent brusquement, reprenant leurs petits visages paisibles de mamies épanouies. Elles oublièrent le message, se souvenant juste d'une enveloppe à ouvrir plus tard.

La célébration de ce fameux solstice d'hiver fut merveilleuse, une paix et une joie peu communes imprégnaient toute vie en ce lieu béni. Ce jour-là, Adélaïde ressenti à nouveau la vie en elle. Dans son intériorité, elle reconnut la boule d'Amour, celle qui ne laisse aucun doute quant à son origine. Elle était enceinte.

Son ventre s'arrondit tranquillement. La famille comprit vite qu'un petit nouveau arriverait bientôt. Et bien sûr, toutes les attentions se tournèrent vers Adélaïde. C'en était même fatiguant, chacun y allant de ses conseils, ou pire, de ses anecdotes. Et la future maman connaissait par cœur les récits des accouchements à la maison de toutes les dames de la fratrie. Le petit Lucas, tout juste trois ans à l'époque, était bien heureux : on le laissait un peu plus tranquille. Il se préparait avec bonheur à accueillir le bébé.

Adélaïde était tout de même un peu soucieuse, elle devait se rendre à la ville pour une consultation dans le service de gynécologie de l'hôpital. Elle savait par avance que la famille désapprouverait cette visite. D'après eux, tous ces médecins n'y connaissaient rien au corps et à ses mystères et surtout, ils ne respectaient pas assez l'âme humaine. Mais voilà, elle travaillait depuis peu comme ATSEM à l'école du quartier et il fallait bien officialiser sa grossesse auprès de sa direction.

4- La belle et improbable rencontre d'Adélaïde et de Gérald quelques années auparavant.

« L'union propulse l'addition jusqu'à la multiplication » Mat, Emma Ticien

Adélaïde aimait tellement travailler avec les enfants, qu'elle espérait secrètement devenir maîtresse d'école maternelle. Dans sa jeunesse, son père avait contrecarré ses choix et elle avait dû suivre des études de droit. Ses capacités intellectuelles et sa soumission à l'autorité parentale lui avaient permis de réussir brillamment à ses examens. Mais quand il avait été question d'exercer le métier d'avocat, l'expérience avait été plus périlleuse et surtout très douloureuse. Elle avait découvert un monde de pouvoir et de compromission bien loin de ce qu'elle avait imaginé. Défendre la veuve et l'orphelin ne semblait pas la priorité de ses confrères.

Mais ces quelques mois dans le milieu de la justice lui avaient permis de rencontrer le grand amour. Un lopin de terre recouvert de chanvre était à l'origine d'un dépôt de plainte de la part d'un conseiller municipal de l'époque. C'était un vieil homme aigri et envieux qui accusait toute une famille de cultiver du cannabis. Ce monsieur, très influant, tentait en fait de récupérer un grand terrain mitoyen à sa propriété et longeant la rivière. L'affaire avait été portée devant le tribunal et Adélaïde chargée de la défense, avait pu rencontrer une grande partie de la famille. Sous le charme de toute la tribu, elle n'avait pas longtemps résisté aux sourires et aux déclarations d'amour du jeune Gérald.

La nouvelle avocate remporta son premier et unique succès en prouvant que le fameux cannabis n'était que du chanvre agricole utilisé pour les expériences environnementales et écologiques des deux originales sœurs jumelles.

Et c'est tout naturellement que pour célébrer la victoire, Adélaïde et

Gerald s'unirent sous le grand chêne. Quelques neufs mois après, naquit Lucas. La jeune maman décida d'abandonner sa glorieuse carrière d'avocat pour s'occuper de son bébé aux yeux rieurs.

Avec le temps, Adélaïde se sentie de plus en plus habitée par l'envie de s'occuper d'enfants. Elle chouchouta son fils et son rêve par la même occasion, se préparant à concrétiser ses envies. Et à peine deux ans plus tard, elle décrocha un emploi à l'école maternelle du village.

5- Le solstice D'Anaëlle.

*« Celle qui habitera totalement
chaque seconde d'une courte vie,
restera à jamais dans les cœurs
aimants » esprit d'Anaëlle.*

-« Bon tremplin pour exercer par
la suite le métier de professeur des
écoles, j'ai bien fait de suivre mes
envies, ça va marcher j'en suis sûre »
pensait-elle. Et assise là, dans cette
tristounette salle d'attente, elle
imaginait les tournants que prendrait
bientôt sa vie. Soudain, la porte
s'ouvrit sur un grand homme en
blouse blanche. Son air sévère
surpris Adélaïde. Elle se senti
subitement toute petite et
vulnérable, elle qui, quelques

secondes auparavant se trouvait invincible, animée de la force mystérieuse d'une femme enceinte. La vie en elle se recroquevilla en quelques secondes, la panique s'empara de chaque cellule de son être. Elle voulut se lever, mais sa tête bascula en avant dans un étourdissement incroyable. Elle s'écroula lamentablement sur le lino jauni et tout crasseux de la pièce.

Panique au service de gynécologie : il fallait faire tout un tas d'examen à la patiente qui venait juste de reprendre ses esprits. Et les questions fusaient, et les infirmières s'activaient.
-« Je vais bien, je veux rentrer » répétait inlassablement Adélaïde, des sanglots de plus en plus faibles

dans la voix. Elle finit par se laisser faire, ne sachant plus quel Dieu ou quelle force implorer pour qu'on la laisse tranquille. Elle n'avait pas l'habitude de cette agitation, même à l'heure de la récréation à l'école, les choses lui semblaient plus calmes et surtout plus saines.

Adélaïde rentra chez elle deux jours plus tard, juste à temps pour célébrer le solstice d'été. Personne aux alentours ne sut vraiment ce qui s'était passé. Le temps semblait s'être arrêté sur la communauté. Il n'y avait plus de cris, plus de rires, à peine quelques allées et venues sous le grand chêne. Les curieux qui habituellement à chaque solstice s'approchaient de la grande famille, n'osèrent s'aventurer au-delà du sentier. Une force invisible semblait repousser tout étranger en ce vingt et un juin deux mille quatre. La silhouette d'Adélaïde toute en rondeurs quelques jours auparavant, n'offrait plus ces douces et rassurantes courbes de femme enceinte. On pouvait pratiquement palper ou même voir un inexplicable vide entourant la jeune femme. Les villageois du coin ne prêtèrent pas attention aux histoires de sorcellerie évoquées par quelques mégères frustrées. Ils respectèrent ce qui ressemblait à un deuil au sein de la tribu.

Ce matin-là, les sœurs jumelles, pratiquement inconscientes de leurs gestes, mues par un puissant instinct, ressortirent les enveloppes cachées quelques mois auparavant. Lucas se rappelle encore : les feuilles du grand chêne se recroquevillèrent humblement, dans un mouvement presque imperceptible, quelques oiseaux se posèrent sur les branches rassurantes qui semblaient s'entrelacer, ils sifflèrent doucement. Tour à tour, les vieilles dames lancèrent les mots inattendus des missives dictées par l'Esprit d'Anaëlle. Nul ne semblait surpris. Il y eu beaucoup de chants, des mélodies lentes et douces et puis des danses à des rythmes inconnus qui touchèrent les corps et les âmes du petit groupe envouté. Des cendres furent éparpillées et confiées à la bienveillante protection du lieu magique.

La vie reprit son cours, Anaëlle ne naquit pas en ce lieu, en cette époque, mais elle semblait présente pour toute la famille. Les larmes séchèrent, laissant quelques sillons au coin des yeux et une parcelle d'amour dans le cœur de chacun. Un sourire bienveillant éclaira bientôt les visages. La joie naturelle de cette grande famille ne pouvait plus se tapir derrière des regrets. Elle reprenait de plus en plus de place entre chaque soupir, allant jusqu'à transformer le vague à l'âme en douce mélodie.

6- Betty.

« Petite perle venue d'ailleurs porte en elle le bonheur » poète inconnu.

Et c'est tout naturellement qu'un nouveau projet se dessina au sein du couple. C'était comme une évidence, ils devaient adopter un enfant. Adélaïde et Gérald rencontrèrent les bonnes personnes aux bons moments, des gens fabuleux qui les aidèrent dans leurs démarches. Dans un des bureaux des services sociaux, travaillait Nina. Cette charmante personne, bien connue de la famille, les épaula de son mieux. Elle déploya une fabuleuse énergie pour aplanir tous les soucis. Et après un voyage au Vietnam et plusieurs années de

réflexion, la famille fut prête à
s'enrichir d'un nouveau sourire.

C'est ainsi que la merveilleuse
petite Betty arriva tout droit de la
province de Khành Hoa au sud du
Vietnam. Son nouvel entourage
l'enveloppa de beaucoup d'amour et
de respect, espérant lui faire oublier
ces quelques mois à l'orphelinat. Et
en regardant ce bébé joyeux évoluer
dans la fratrie, les derniers doutes
pouvaient se dissiper. Cette enfant
était une pièce du grand puzzle, et
elle occupa vite parfaitement sa
place dans la communauté.

Betty allait bientôt avoir trois ans
et en la voyant arriver en trottinant
vers eux, Angus et Bruce, ses deux
grands oncles ne purent retenir un

sourire complice. Malgré l'inquiétude qui les gagnait depuis la disparition inexpliquée d'Einna, ils prirent le temps de s'étonner et de se réjouir de la ressemblance étonnante de la petite fille avec son grand frère Lucas. Et même si ses cheveux noirs restaient trop raides, et que ses yeux bridés rappelaient ses origines, il y avait un peu de Lucas dans sa démarche toute souple sur la pointe des pieds, dans le creux de ses fossettes malicieuses, prémisses d'un fou rire ou, comme aujourd'hui dans le mouvement inconscient de ce menton qui remonte en une moue de dépit, signe de contrariété. Elle n'avait pas eu son casse-croute beurre camembert pour son gouter.

7-Petites mésaventures d'Einna.

« Subtile ouverture de ton intimité pour te faire découvrir et aimer tes imperfections » adage New Age.

Angus commençait à se curer l'oreille droite avec le petit doigt gauche et à mordiller nerveusement ce « riquiqui ». Cela faisait bientôt quarante ans qu'il se lançait dans ce nettoyage d'oreille pour évacuer un stress trop important. Sa mère n'aurait jamais quitté les lieux sans laisser un petit message sur l'ardoise devant sa porte. Et suivant les jours ça pouvait être :
-« J'ai suivi mon étoile filante….jusqu'au marché»

ou -« le bus m'a fait un clin
d'œil….j'y suis monté ».

Malgré les travaux sur le toit de
sa maisonnette, la poussière, le bruit,
les sifflements joyeux, ou les
râlements inquiétants des ouvriers
sur le faîtage, Einna, comme à son
habitude s'isolait trente minutes
chaque début d'après-midi dans son
« boudoir de ressourcement ».

Quelques jours avant le concert,
après sa demi-heure de détente
quotidienne, elle avait donc accroché
son ardoise.
-« Mon coiffeur est sorti de
prison…je lui rends visite ».
Et en rentrant, tout le monde avait
complimenté mamie casse-croute
beurre camembert sur sa nouvelle

coupe. Cheveux plus courts (mais pas trop) bien lissés, bien sages...trop sages ! Personne ne lui avait fait remarquer son maquillage qui avait coulé. Elle utilisait un mascara bio qui forcement, n'était pas waterproof. Il n'avait pas résisté à ses larmes sur le chemin du retour. Elle ne pouvait pas abandonner cinq centimètres de longueur de cheveux sans ressentir une énorme frustration. Elle se détestait d'avoir encore cédé à la pression environnante, d'avoir accordé de l'importance à ce qu'elle imaginait des regards hostiles sur sa coiffure « vagabonde ».

En à peine dix minutes, Einna avait tout ébouriffé et elle reprit son sourire habituel. Le soir même, son frère la retrouva ronflant bruyamment dans le canapé, huit canettes de bière jonchant le sol ! Elle avait lu que la levure de bière permettait une repousse rapide des cheveux. Elle espérait rattraper de la longueur et retrouver un peu d'insouciance en buvant quelques canettes. Elle ne gagna pas forcément les quelques centimètres de chevelure espérés, mais passa une douce et longue nuit dans le canapé. familial.

Selon Bruce, cet évènement avait marqué Einna plus qu'ils ne pouvaient tous l'imaginer. Derrière le sourire de sa tante, il avait cru remarquer une certaine mélancolie et dans ses propos il sentait poindre des regrets. Et ce bout de papier trouvé sous les coussins du canapé l'intriguait. Il l'avait défroissé avec grand respect, hésitant à entrer dans l'intimité de sa tante. Oui c'était bien son écriture. Un peu de bière avait étalé l'encre, arrondissant les lettres de manière presque artistique.

–« Je fais des nœuds dans mes cheveux pour ne pas oublier qu'il y a longtemps ils m'ont rasée pour m'humilier. Que dans les camps ils m'ont tuée par ma féminité et mes larmes ne veulent plus sécher… »
Ces quelques mots touchèrent Bruce et il se souvint de ce carnet « mini délires » que mamie casse-croute beurre camembert avait ouvert depuis peu.

Ce petit cahier avait pour but de recueillir le récit de brins de vie amusants, de moments curieux, de petites réussites, de joies improbables etc…Bref, tout ce qui permettait de mettre de belles couleurs dans le quotidien. Ce recueil était posé sur son bureau au-dessus de la pile des innombrables classeurs, cahiers et autres fiches aux couleurs, tailles et formes variées. Einna écrivait, dessinait, coupait, collait les photos qu'elle réalisait avec grand soin dans son environnement familier. Il y avait aussi une boite, magnifiquement décorée où elle entreposait tout ce qui avait trait à son groupe de musique fétiche : articles de presse, billets d'entrée, autographes, portraits et même un médiator durement acquis lors d'un premier concert.

Dans la foule, elle avait dû faire preuve d'une grande détermination et montrer une certaine férocité pour garder l'objet convoité, qui avait miraculeusement échappé des mains du guitariste pour atterrir sur le bord de la scène juste devant elle. La petite dame était gênée de ne pas pouvoir partager, mais elle pensait que c'était un signe et que pour une fois elle devait se montrer égoïste. Et justement le récit de cette aventure avait trouvé sa place entre les petits carreaux bleus ciel du carnet « mini-délires ». L'élégante écriture de la petite dame contait à sa manière l'évènement, l'enjolivant et le rendant amusant.

Seule sa petite nièce aurait pu lire quelques pages de ce calepin. Limaya écrivait de son côté dans un journal intime. Elle aimait partager ses quelques lignes personnelles avec sa mamie adorée. Ce va et vient de lecture entre deux carnets tellement différents, ces échanges de regards, ces soupirs de soulagement, ces rires à peine retenus ou même quelquefois ces douces larmes, tout cela était devenu une sorte de rituel qui liait la jeune fille à sa grand-tante.

Bruce croyait trouver des indices du côté des écrits de sa tante. Il pensait bien que Limaya aurait dévoilé quelques secrets du carnet à son père. Il allait justement en parler avec son cousin Angus, mais déjà Betty lui tirait la main en montrant la panière vide de Croc jaune. « Z'ai pas eu de crasse coute, Ze veux un câlin du chien ; Na ».

8- Fugue ou téléportation ?

« Certains voyages sont inconscients,
malgré des chutes surprenantes »
Harry Védeunulparre.

Au même moment Croc jaune se
réveillait devant une énorme portion
de sa pâtée préférée. Il s'étira, agita
sa queue et s'avança tranquillement,
salivant un peu à la pensée du festin.
Mais il se heurta vite à un mur.
Eberlué, il tenta à nouveau une
approche, plus bruyante cette fois, il
aboya juste ce qu'il faut pour rester
digne devant son public. En effet, il
venait de remarquer une dizaine de
personnes qui l'admirait, ou qui riait,
il ne savait pas trop. Bref, nouveau
choc contre un mur. Il décida de
lécher ce qui ressemblait à une

gamelle géante mais qui n'en avait ni l'odeur, ni le goût. Il était totalement désemparé et commençait à gémir, lorsqu'il distingua dans tout le brouhaha ambiant, une voix bien connue.

-« Ma nounou préférée » pensa-t-il en sentant les bras de Limaya l'enserrer. Cette magnifique jeune fille n'était autre que la fille de Bruce. Elle faisait son stage de troisième à l'animalerie du coin. Du haut de son mètre quatre-vingt, et avec une extrême douceur Limaya souleva le chien. Ses longs cheveux roux sentant bon la pomme verte, lui frôlèrent le museau. Croc jaune se sentit rassuré. Elle lui parlait, lui montrant la gamelle, passant sa main dessus. C'était étrange, cette façon de lisser le mur. Croc jaune ouvrit un peu plus les yeux et soudain compris sa bévue. La qualité de la photo, l'éclairage trop brillant et surtout sa vue baissante et sa gourmandise l'avaient trompé. Ce qu'il avait pris pour un réel festin à sa disposition, n'était autre qu'une immense affiche publicitaire.

Mais pourquoi ce chien était-il affublé de la housse de son coussin customisée en habit pour chien ? Comment était-il arrivé là ? Au dire des clients présents, Croc jaune était apparu soudainement, comme par magie. Un vieil homme avait même vu une soucoupe volante le déposer...Mais ce monsieur était en pyjama, charentaises aux pieds, cheveux ébouriffés, et son haleine sentait fort le pastis. On pouvait raisonnablement douter de son témoignage. Mais les gens reconnaissant le chien de la communauté, parlaient d'apparition soudaine dans un halo de lumière bleue et dans un silence stupéfiant. Les récits concordaient et Limaya eut du mal à calmer les esprits.

Cette charmante jeune fille essaya de soustraire Croc jaune aux curieux, elle ne voulait pas que l'on puisse bousculer, ou même se moquer de son super héros. Le stress la gagnait, elle le savait car machinalement elle se cura l'oreille gauche avec son auriculaire droit…tout comme son oncle Angus à quelque distance de là et au même moment, comme en miroir.

Mimétisme familial ou transmission de pensée ? Elle s'éclipsa un court instant aux toilettes, se laissant glisser le long du mur pour s'assoir au sol, ses longues jambes légèrement repliées servant d'écrin à Croc Jaune. Et dans sa tête défilaient les images. Elle se revoyait toute petite à l'arrivée du chiot.

9- Petite Limaya

« Limaya : prénom féminin inventé au 21ème siècle en l'honneur d'une grande sœur et d'une petite abeille paternelle. Elles se reconnaîtront toutes les deux » note de l'auteure.

C'était juste au moment où ses parents s'étaient séparés. Sa grande tante disait souvent que ce chien avait un véritable métier : embellisseur de vie. Oui, pensait-elle en se remémorant le jour où sa mère lui avait annoncé qu'elle partait vivre au village avec sa compagne.

Limaya avait à peine trois ans. Elle n'avait pas compris au début :
-« quand on part avec sa meilleure

amie, on rentre forcément le soir dormir avec son mari et son enfant adoré » pensait-elle.

Et puis, papa et maman avaient expliqué des choses qu'elle ne comprenait pas, la famille s'était réunie. C'était tout triste dans la tête des gens, elle le voyait bien, le coin de leurs lèvres descendait tout le temps, et en plus, il pleuvait tous les jours. Limaya avait dormi chez sa grand-mère Mélusette. Croc jaune avait eu le droit de monter dans le lit pour se blottir contre elle. Le parfum des draps lavés au savon de Marseille et séchés au grand air, agrémenté d'une ou deux gouttes d'huile essentielle de lavande, mélangé à l'odeur d'un chiot encore un peu mouillé revenait souvent à sa mémoire. Et ces instants de bonheur

dans son petit monde bouleversé
étaient une preuve de la
bienveillance de la vie.

10- Retour à l'animalerie.

« Aller et retour dans l'espace- temps pour une compréhension élargie »
extrait de la méthodologie d'apprentissage du collège Poux de lard.

Viryane aperçut sa fille sortant des toilettes, Croc jaune dans les bras. Par-dessus les têtes ébahies des clients, leurs regards se croisèrent. La grande dame à la splendide chevelure flamboyante tout juste retenue sous un grand chapeau rouge, traversa rapidement le magasin pour voler au secours des siens. Elle fut vite rejointe par sa compagne, une petite blonde toute boulotte qui riait déjà des mésaventures du chien.

L'insouciance, la nonchalance et la jovialité de ce bout de femme contrastaient avec le sérieux et la classe de Viryane. Leur physique si contraire en faisait un couple étonnant.

Maintenant, Limaya était fière de sa mère qui avait réussi à surmonter tous les obstacles d'une telle liaison par amour. Avec du recul, elle s'imaginait bien les difficultés rencontrées par les amoureuses. Sa belle-mère Nina (la dame des services sociaux) avait su s'intégrer à la grande famille. On aurait pu croire qu'elle était née là. Elle semblait toujours de bonne humeur et inventait des tas de blagues. Elle avait réussi à redonner un brin d'insouciance et de tolérance à

Viryane. Et c'est par son entremisse que la jeune fille avait obtenu la permission de se faire tatouer un tout petit scorpion sur le haut du bras. Et là, elle avait gagné le point final.

Limaya savait que pour son père Bruce, l'histoire avait été un peu plus dure à digérer. Son épouse demandant le divorce pour rejoindre une autre femme au village : cela semblait insurmontable. Et les ragots hors de la tribu allaient bon train. Même s'il faisait semblant de ne pas entendre, le jeune papa de l'époque avait bien compris que les gens attribuaient le départ de Viryane à une certaine impuissance. Certaines mauvaises langues allaient même jusqu'à le déclarer stérile et à

trouver des ressemblances entre
Limaya et le facteur.

Bruce avait aussi dû faire face à
toute la famille et annoncer
l'inimaginable. Pendant des jours, il
avait songé à toutes les réactions et
s'était préparé à presque toutes les
questions. Mais il avait été encore
une fois surpris des positions prises
par ses proches.

Le plus insoutenable était sans
doute le départ de Viryane en dehors
du cercle familial. Cela ressemblait à
une fissure dans leur monde soudé
aux yeux des autres et ils n'aimaient
pas du tout qu'un disfonctionnement
de leur univers puisse être perçu par
l'extérieur. Ils avaient vite trouvé une
solution : il fallait que les

amoureuses viennent vivre parmi eux. Bruce, peiné et même vexé du retournement de situation, eu un peu de mal à participer à la construction de la petite maison des dames. Mais son amour pour Viryane était resté intact, et il devait bien avouer que Nina était rigolote et qu'elle s'intégrait bien à la tribu. Sa fille Limaya semblait plus détendue et le temps finit par adoucir les peines de tout le monde. Les choses se mirent en place encore une fois tranquillement, comme une nouvelle pièce du puzzle.

11- Croc jaune : star d'un jour.

« Star d'un jour : star toujours »
dicton de star déchue.

Mais revenons aux aventures de Croc jaune dans l'animalerie. Son instinct de chien lui fit rapidement entrevoir les bénéfices d'une telle situation, et il se laissa admirer, cajoler et même photographier. Mais bientôt les smartphones et autres portables laissèrent place à de gros appareils munis de zooms surprenants. Les journalistes rapidement avisés se sentaient investis d'une lourde tâche d'enquêteur.

C'est ainsi que le lendemain, le journal du coin titrait : « *Kiki and Coco frappe encore très fort avec sa promo pour sa nouvelle pâtée bio pour chien ».* L'article saluait le travail des publicitaires de l'enseigne pour promouvoir ses produits dans le magasin témoin de Chatoully les Cotillons. La marque émergeante avait parait-il, fait appel aux plus grands illusionnistes. Un banal chien recouvert d'une toile à l'effigie de « Kiki and Coco », semblait, grâce à des effets spéciaux, avoir été téléporté devant une publicité alléchante. La simplicité du personnage principal ne pouvait que toucher une clientèle bienveillante envers les animaux.

Lucas était déçu de cette version : un coup de pub, il n'y croyait pas. Il se doutait bien que ses grandes tantes y étaient pour quelque chose dans la mésaventure du toutou. Ah, si les sœurs jumelles avaient été là, elles auraient été fières du résultat de leur expérience, mais aussi agacées par la récupération médiatique de l'affaire. En tous cas, cette histoire rentrait parfaitement dans le cadre de ses recherches sur les pouvoirs de l'imaginaire et des représentations au service d'une certaine forme de téléportation. Et cela encouragea bien évidemment l'ado à écouter ses intuitions. Et que les journalistes s'emparent et déforment l'affaire lui laissait du temps pour vérifier ses thèses.

12-Rencontre du 1er type.

*« La première rencontre est décisive,
il faut savoir la reconnaître en tant
que telle » Bruno Treumonde.*

Mais voilà, Einna avait disparu et
Mélusette était partie à un séminaire
sur la physique quantique. Cette
dernière était passionnée depuis peu
par cette discipline. Elle était
persuadée qu'il existait un lien étroit
avec la phénoménologie. A son avis,
il était temps maintenant d'unir les
disciplines, les courants de pensée.
Sciences, physique, chimie,
philosophie, sociologie, religions
pouvaient s'entrelacer sans se faire
d'ombre. Elle ne savait pas quand,
comment, ni pourquoi, mais elle
sentait qu'elle devait participer,

même modestement à cette
évolution. Depuis peu, elle prenait
des notes dans son petit calepin
« Barbapapa » violet offert par son
fils Bruce.

« La réalité est multiple. Toute chose
humaine ou non, change d'état en
fonction du regard et de la
conscience portés sur lui etc… »

« J'aimerais ajouter : en fonction de
la pensée, de l'intention et de
l'attention dirigées vers l'autre, celui-
ci agit différemment » pouvait-on lire
ensuite, mais l'écriture était
sensiblement différente. Einna se
permettait d'intervenir dans le
calepin de notes. Cet échange
silencieux s'épanouissait chaque jour
sur les pages rose pâle du carnet.

Les sœurs en étaient arrivées à la
conclusion que la pensée positive et

l'éducation bienveillante découlaient du même principe, c'est dire si l'attention portée aux choses et aux êtres était essentielle dans leur perception du monde.

Quelques années auparavant, les deux sœurs avait assisté au concert des « aventuriers d'un autre univers ». Une belle palette de chanteurs et de musiciens, tous plus ou moins poètes, avaient occupés la scène pendant plus de deux heures. A la sortie, Einna et Mélusette avaient patiemment attendu un bus imaginaire. En fait, elles étaient parties à l'aventure ne sachant pas comment rentrer dans leur province à la fin du spectacle. Elles comptaient bien sur leur bonne étoile pour trouver une solution pour le retour.

Et c'est tout naturellement qu'un charmant monsieur qui n'était autre que l'oncle d'un des célèbres chanteurs vint s'abriter sous l'abri de bus. La discussion s'engagea rapidement et il fallut bien se rendre à l'évidence, il n'y aurait pas de car cette nuit-là. La pluie s'étant calmée, ils décidèrent tous trois de prolonger la soirée par une petite balade au bord de la Seine. Les échanges furent passionnants et en les observant de loin, on aurait pu croire qu'ils se connaissaient depuis toujours. Malgré un mode de vie totalement différent et des opinions opposés, des points communs émergèrent et une belle amitié naquit cette nuit-là. Serge, professeur en physique quantique était sous le charme des deux originales sœurs.

Il apprécia beaucoup de rendre visite aux deux dames dans leur environnement. Et c'est tout simplement que quelques années plus tard, il invita Mélusette à un séminaire en physique quantique en Ardèche. Einna aurait bien aimé suivre sa jumelle dans cet endroit de rêve, mais la science ne l'intéressait pas suffisamment. Et puis elle avait bien compris que ce monsieur comptait bien faire découvrir des choses très variées à Mélusette sa protégée. Peut-être espéraient-ils tous deux faire des liens entre les disciplines...et les corps.

13 -Le retour d'Ondine.

« Accepte ce qui est, laisse aller ce qui était et aie confiance en ce qui sera » Bouddha.

Ondine avait quitté la plage quelques heures auparavant. A sept ans, elle venait de découvrir l'océan. Et en s'éloignant de cet endroit, elle ressentit pour la première fois ce drôle de sentiment qu'est la mélancolie. Ce matin-là, elle fut étonnée de découvrir une toute petite marque mouillée sur le galet poli qui reposait dans sa main. Etait-ce une larme qui, après avoir roulé le long de sa joue, voulait rejoindre ce caillou et laisser sa trace ? Tout près des rochers Ondine, creusa un petit trou dans le sable tiède pour y loger ce galet marqué de tendresse. Elle promit de revenir tout en tentant de retenir son trop plein d'émotion. Elle ne voulait pas pleurer devant ses amis de colonie. Et que penseraient les moniteurs s'ils la voyaient se lamenter sur un banal galet laissé au bord de l'océan ? Mais pour Ondine, ce petit caillou ressemblait à un talisman, un objet qui l'aidait à passer une étape de son enfance. Elle n'imaginait même pas que la monitrice (sa préférée), si vive et si gaie habituellement, se cachait elle aussi pour essuyer des larmes devant un coquillage. Une rafale de vent vint les sauver toutes deux en dispersant un peu de sable et en offrant une banale explication à leurs yeux rougis et tous mouillés.

Maintenant, son front était appuyé contre la vitre du car, ses cheveux indisciplinés dessinaient des traces de petits serpentins sur la buée du carreau. Les paysages avaient bien changés depuis le départ. L'océan, les rochers, les plages avaient laissé place aux forêts, champs et villages. Bercée par le ronron du moteur, la petite fille s'endormit.

Dans son rêve, elle se vit vêtue d'un grand manteau en peau de renne, assise en tailleur sur un rocher au milieu d'un océan déchainé. Un chaman Inuit, arrivait sur une vieille barque avec un chien édenté à ses côtés. D'une grande valise, le vieil homme sortait des poignées de neige qu'il dispersait sur le rocher. Le chien avait un galet dans la bouche et il le déposa dans les mains qu'Ondine présentait en coupelle. Cette offrande réchauffa le cœur de la jeune fille, et tout en dodelinant de la tête, elle se mit à fredonner de plus en plus fort dans une langue inconnue.

Ses camarades riaient bien dans le bus en l'entendant chanter dans son sommeil. Elle se réveilla détendue, tout juste honteuse que ses camarades aient pu l'entendre dans sa mélodie d'un autre monde. Elle se sentait emplie d'un ailleurs, d'un au-delà, et en plus elle allait bientôt retrouver ses proches ; voilà ce qui importait en cet instant. Elle rassembla ses affaires, envoya un petit coucou de la main à ses amis du bus. C'était bientôt la fin de l'année scolaire, mais Ondine savait qu'elle les reverrait presque tous à la rentrée à l'école primaire. Elle descendit tout en prenant soin de taper ses pieds au sol à chaque pas et de bien faire frotter l'extrémité de la fermeture éclair de son coupe-vent contre les attaches métalliques de son sac à dos. Elle espérait bien que les divers sons ainsi produits dissimuleraient le bruit de ses pets de joie. Toute occupée à ce camouflage sonore, la petite fille ne remarqua pas ce flot de baisers envoyés tendrement par Max, tels des ricochets soufflés à la surface de la main du petit garçon, traversant la vitre du car pour la couvrir d'amour.

Elle posait à peine les pieds sur le chemin, qu'elle vit débouler Jessy, toute essoufflée et toute ébouriffée, pieds nus comme à son habitude. Ondine lui sauta dans les bras. Et là, lovée dans la tiédeur de sa mère, elle ferma les yeux, savourant cet instant de bonheur. Mais elle se redressa rapidement, scrutant les alentours à la recherche du moindre frémissement dans les buissons. Elle s'attendait à voir surgir le restant de la tribu. Sa mère comprit vite le désarroi de sa pitchounette et expliqua succinctement les raisons de l'absence des proches à l'arrivée du car. Ondine oublia rapidement sa petite vexation de ne pas avoir été accueillie en fanfare. Elle voulait tout savoir sur la disparition de mamie casse-croute beurre camembert et de Croc jaune.

Aussitôt elle pensa aux cadeaux qu'elle avait prévus pour tous. Elle avait bien pris garde de ne pas ramener de bibelot made in China aux sœurs jumelles. Elles auraient donc des petits tableaux avec un magnifique coucher de soleil sur l'océan et des cœurs tout autour. Mais un doute l'assaillit :

-« et si c'était des chinois qui avaient pris ces clichés ? Ces gens-là avaient toujours des appareils photo dans les mains. Pourrait-on dans ce cas considérer que les cadres étaient made in china ? »

14- Tonton Raoul arrive.

« Il déboule et c'est cool, c'est le tonton Raoul » expression de Gérald.

Elle voulait poser la question à sa mère lorsqu'une voiture rouge, type Ferrari, freina bruyamment au bord de la route dans un nuage de poussière et dans une désagréable odeur de gaz d'échappement. Côté passager, la portière s'ouvrit sur un grand monsieur à l'allure désinvolte.

-« Bye, Lady, You write to me, ok ? » déclama l'homme dans un anglais approximatif.
-« Yes, good bye my French lover » lui répondit une superbe blonde au volant de la voiture. Et elle redémarra en trombe dans un

nouveau nuage de poussière, laissant l'herbe du bas-côté totalement anéantie sur plusieurs mètres et sûrement sur plusieurs semaines.

-« Et merde ma guitare ! » lança l'inconnu dans un français parfait.

En le voyant se diriger vers elles, Jessy et Océane reconnurent tonton Raoul. Mais qu'il était beau dans cette chemise blanche volantée à l'encolure et aux poignets, avec ce petit boléro aux motifs psychédéliques et ses cheveux blancs attachés en une élégante queue de cheval. Voilà bien longtemps qu'elles ne l'avaient pas vu si bien habillé et si propre sur lui. Habituellement il était toujours négligé, portant sans cesse le même tee-shirt usé et orné de quelques tâches. Et malgré ce manque de soin coutumier, Jessy était toujours étonnée de cette allure de jeune homme qu'il dégageait. Il devait frôler les soixante-dix ans et là franchement aujourd'hui, elle le trouvait très classe.

A chaque début d'été il réapparaissait dans la communauté pour s'éclipser un peu après Noël. Il avait besoin de se ressourcer un certain temps, mais aussi de se nourrir d'ailleurs pour ne pas tourner en rond. Et c'est vrai que sa présence apportait un nouveau souffle au groupe. Il avait toujours un projet novateur pour la grande famille, il ramenait des tas d'idées à mettre en place auprès des siens.

Mais au fait, pensait Jessy, on lui attribuait le rôle de tonton, mais où était le lien de parenté ? Etait-il marié ? Nul ne semblait s'en soucier, mais l'anneau à sa main gauche en intriguait certains. Il répondait évasivement qu'il aimait deux femmes et qu'il les avait épousées toutes deux en rêve. Il déclarait fièrement que cette alliance avait été fabriquée par les anges spécialement pour cet amour incroyable. Le plus étonnant était que les sœurs jumelles portaient des bagues semblables depuis plus de quarante ans. Leur vie amoureuse était restée secrète et nul ne connaissait le père de leurs enfants respectifs. Angus et Bruce étaient nés le même jour. Il y avait des coïncidences troublantes dans cette famille, et de là à penser que Raoul puisse être le géniteur, il n'y avait qu'un pas. Cette idée qu'il puisse être son beau-père ne déplaisait pas à Jessy.

Le temps de penser à tout cela et le tonton était déjà à quelques mètres d'elles. La joie envahie mère et fille dès qu'elles croisèrent son regard pétillant et naturellement joyeux. Son visage était tout fripé par de belles rides, de celles qui respirent le bonheur et la paix. Même son sourire, agrémenté de seulement cinq malheureuses dents rescapées, était une invitation à la gaieté.

-« Tonton Raoul, quelle surprise et quel bonheur. Il ne manquait plus que toi…..ou presque…..pour ce solstice ! »

Cette petite hésitation dans la phrase de Jessy intrigua l'oncle. Que se passait-il ? Tout roulait toujours aussi bien, tout tournait toujours aussi rond au sein de la communauté : c'était étrange. Sur le chemin du retour,Jessy raconta à nouveau la disparition simultanée d'Einna et de Croc jaune.

Le visage de Raoul se crispa, il remonta machinalement son sac à dos sur ses larges épaules. Ondine ne put s'empêcher de s'interroger en le voyant commencer à se curer l'oreille avec le riquiqui. Le tonton allait porter ce doigt légèrement enrobé de cire à sa bouche, lorsqu'il surprit le regard rieur d'Ondine. Mais pour Jessy ce geste avait pris soudain une autre signification. Elle était presque sûre maintenant de cheminer à côté de son beau-père. Il faudrait qu'ils en reparlent quand les sœurs seraient de retour.

15-Tout le monde, ou presque, est là.

« Que la variété retrouve son unité en prenant soin de ne pas s'oublier »
Cyprien Akomprandre.

Lucas arrivait juste, il tenait vraiment à accueillir sa cousine Ondine. Il sauta de joie en s'apercevant que tonton Raoul était là lui aussi. Il en aurait presque oublié l'inquiétude qui le rongeait depuis ce matin. C'était toujours la fête quand cet homme débarquait, un peu comme si l'arrivée de ce personnage marquait le commencement des festivités estivales.

Lucas attrapa sa cousine dans ses bras et il essaya de la soulever pour la faire tournoyer. Il la trouva changée et grandie.

-« Eh, mais t'es trop lourde ! » la taquina-t-il. Instinctivement la petite fille se plaça entre son cousin et tonton Raoul, elle attrapa la main droite de l'un et la main gauche de l'autre :

-« Allez s'il vous plaît balancez-moi » Et tout en marchant, dans une synchronisation parfaite, ils entamèrent leur refrain habituel :

- « un, deux, trois… youpi ! » en soulevant Ondine. Elle lança en même temps ses jambes en l'air, espérant aller de plus en plus haut. Et le petit jeu dura jusqu'à l'entrée de la cour.

Soudain ils tournèrent tous les quatre la tête, reconnaissant l'aboiement si particulier de croc jaune. Le chien se précipita sur le groupe en se dévissant joyeusement la queue. Instinctivement, tout le monde s'accroupit pour le caresser. Limaya, Viryane et Nina arrivaient juste derrière. Le groupe commençait à bien s'étoffer et il devenait de plus en plus difficile de suivre les conversations.

Papi Bat avait rejoint Gérald, Adélaïde, Lucas et Betty devant le grand chêne, ils savaient qu'Ondine ne tarderait pas à arriver. Instinctivement, ils pensaient également au retour du tonton. De leur côté Angus et Bruce, complices comme d'habitude avaient dressé une grande table un peu en retrait du vieil arbre. La nappe de tissu à carreaux blancs et rouges annonçait clairement l'ouverture des festivités du solstice d'été. Ils réalisèrent soudain que personne n'avait songé à préparer à manger. Habituellement, les deux sœurs devinaient le moment exact de l'arrivée de Raoul et elles mettaient un point d'honneur à cuisiner des mets alléchants et variés.

Mais pour l'instant, on était à l'heure des retrouvailles et des explications. On aurait dit qu'une bulle magique entourait toutes ces personnes, sans les isoler du reste du monde, mais en les protégeant tout de même de tout ce qui ressemblait au mal. D'instinct, chaque protagoniste prenait bien soin de ne pas colporter d'histoires malsaines, ou de ne pas insister sur les mauvaises nouvelles, trouvant toujours un côté positif à chaque événement et arrangeant un peu la vérité. Bref, en ce lieu privilégié le négatif n'avait pas sa place.

16- Rémy : un enfant différent.

« Les vérités différentes en apparence sont comme d'innombrables feuilles qui paraissent différentes et qui sont sur le même arbre » Gandhi.

Ce cocon rassurant, Rémy ne voulait pas l'intégrer pour l'instant. Il était là, dans le jardin, laissant la sympathique assemblée à sa vie de groupe. Le petit garçon de dix ans, voyait bien tous ces gens s'embrasser, échanger des sourires, s'agiter, parler encore et encore sans jamais s'arrêter. Les personnages s'entendaient-ils réellement dans un tel brouhaha ? Rémy en doutait. Il n'était pas très doué pour ces effusions de paroles, toutes ces démonstrations de tendresse et ces débordements émotionnels.

Il comprit vite que sa tranquillité risquait d'être perturbée. Il entendait déjà sa mère proposer de cuisiner des patates nouvelles et expliquer qu'elle voulait bien aller les ramasser au jardin. Jessy, en effet, était sûre d'y trouver son jeune fils et elle espérait bien le décider à venir partager un bon moment avec le restant de la famille. Elle se doutait que Rémy refuserait, il était si différent du reste de la famille. Même elle, sa mère, avait du mal à communiquer avec son fils. Il se renfermait, tel une huître blessée, pas par méchanceté, ou indifférence, ni même par peur, non tout simplement pensait-elle, parce qu'il fonctionnait autrement.

Cela avait été très dur au début d'accepter ce fonctionnement inconnu, elle avait cru un temps qu'il était attardé. Quelques mois après sa naissance, elle avait pressenti qu'il ne serait pas comme les autres enfants. Sa famille lui répétait de ne pas s'inquiéter, que chaque enfant évoluait à son rythme et surtout qu'il fallait cesser de comparer Rémy à sa cousine Limaya si vive et pétillante ou à son cousin Lucas si intelligent et intéressant. Et les légendes sur l'arrière, arrière grande tante surdouée ou sur le petit fils du cousin totalement illuminé ressurgissaient. Jessy n'écoutait plus ces récits qui l'éloignaient du problème. Elle voulait savoir quel mal rongeait l'esprit de son pitchounet.

Elle décida donc pour les deux ans de Rémy, de l'emmener en cachette voir des spécialistes. Ils lui firent subir une multitude de tests, plus ou moins traumatisants, ils voulurent lui faire ingurgiter des médicaments aux notices troublantes, certains médecins avaient même pensé l'isoler deux jours et deux nuits dans une triste chambre aux murs blanchis, loin de sa mère. Et là s'en était trop. Jessy refusa cette séparation traumatisante. On lui reprocha son attachement excessif à son fils, ces grands pontifes allant même jusqu'à l'accuser elle, la mère possessive, d'être à l'origine des troubles psychologiques de Rémy.

Et dans un courrier aux caractères noirs et réguliers, à la mise en page rigide et totalement impersonnelle, le service de neuropsychologie annonça froidement que le jeune patient souffrait de TSA et que les parents devaient se diriger vers le service compétent de la clinique. Ceci afin de mettre en place un protocole pour permettre au malade de s'adapter à son environnement en fonction de ses capacités. La lettre échappa des mains tremblantes de Jessy quand elle sentit les bras tendres d'Angus l'enserrer.

-« Que se passe-t-il ma chérie ? Tu es si soucieuse depuis quelques temps. »

Il ramassait déjà le courrier et commençait à lire, quand son amoureuse fondit en larme. Entre chaque sanglot, elle réussit à lui dévoiler ses doutes à propos de leur fils et les consultations secrètes chez tous ces médecins.

Cet après-midi-là, Jessy et Angus s'isolèrent, cherchant ce qui se cachait derrière ces trois lettres TSA. Ils ne trouvèrent rien dans leurs livres ou dans l'encyclopédie familiale.

17-M-ondes and Co-nexions.

« Juste le temps de tisser des liens pour soulager son âme et élever ses pensées : pas plus » Panneau accroché sur la porte de la salle d'ordinateur.

Ils se rendirent donc dans l'espace « M-ondes and Co-nexions » créé par Bruce quelques années auparavant. C'était le seul endroit connecté de ce monde à part. On y trouvait un ordinateur (avec une connexion minimaliste) qui ramait plus qu'il ne fonctionnait. De cet endroit, on pouvait aussi téléphoner avec un portable, il fallait tendre le bras bien haut en direction d'une antenne relais très lointaine.

Mais là, personne ne pouvait se plaindre, car toute la tribu était d'accord pour refuser l'installation de cette fameuse antenne sur leurs terres. Ils avaient manifestés deux jours consécutifs et s'étaient même assis au milieu de la route menant au champ concerné. Ils avaient convoqué la presse, qui avait saisi l'occasion pour rédiger un attendrissant article sur cette communauté à part. Les enfants des alentours étaient venus nombreux admirer et cajoler les alpagas qui risquaient d'être délogés pour laisser place à la nouvelle technologie. Des scientifiques (sûrement des amis du professeur de physique quantique) étaient arrivés en nombre, confirmant le danger d'une telle installation. Le projet d'antenne relais avait été retiré, ou plutôt déplacé. On pouvait dorénavant admirer la fameuse installation à cinq kilomètres de là dans la propriété du vieux monsieur grincheux qui avait porté plainte contre la culture de chanvre quelques années auparavant. Cet homme ne décolérait plus, mais personne ne voulait le défendre vu son très mauvais caractère et les coups bas portés contre tout le voisinage. Donc, quand plus tard, tout le monde avait été d'accord pour accepter une « petite » connexion, Bruce avait dû se faire discret et convainquant pour que l'opérateur en vogue dans le coin ne se souvienne pas de l'épisode et accepte de relier la communauté au reste du monde.

C'est ainsi que dans cet espace « M-ondes and Co-nexions », le couple découvrit la signification de TSA : troubles du spectre autistique. Douche froide. Ou plutôt tiède pour Jessy, elle se doutait. Le calvaire commençait pour elle. Elle s'accusait jours et nuits d'avoir pu donner de telles défaillances à son protégé, elle se reprochait de ne pas avoir été une bonne mère, de ne pas avoir su garder la distance nécessaire pour l'épanouissement de son fils. L'avait-elle trop aimé, ou pas assez, avait-elle été trop active durant sa grossesse, Rémy souffrait-il, était-il heureux dans son monde particulier, pourrait-il vivre normalement? Toutes ses questions et bien d'autres hantaient son quotidien.

Un doute permanent la rongeait plus que tout : portait-elle des gènes défaillants qu'elle aurait transmis à son fils ? Elle ne pouvait même pas vérifier auprès de ses ancêtres. Elle ne connaissait pas ses parents, ni même aucun membre de sa famille génétique. Durant cette sombre période son ventre s'arrondit, juste un tout petit peu. Mais elle refusa d'admettre qu'une nouvelle vie se lovait en elle. De toute façon, elle n'était bonne qu'à porter le malheur pensait-elle, alors à quoi bon imaginer que son corps puisse penser à la vie. Une seule fois depuis la suspicion des troubles de son fils Rémy, elle avait cédé aux avances de son homme, c'était le jour du courrier des médecins. Elle avait cru ce soir-là oublier les trois lettres TSA en se réfugiant dans des ébats amoureux fulgurants. Et pourtant après cet élan amoureux, la tristesse était revenue, de plus en plus tenace et envahissante. Elle s'isolait, refusant le contact, oubliant même de manger. Les autres femmes de la famille essayaient de lui parler de tout, de rien, glissant une petite remarque sur son ventre rondelet, évoquant une possible grossesse. Jessy leur hurlait alors de « s'occuper de leurs fesses » et « de se casser » et elle changeait de pièce.

18- Sauvetage.

« Grandir et faire grandir » pensée du jour inspirée d'un certain David Laroche.

A l'époque, ce furent les paroles d'une personne tout à fait inattendue qui sortirent Jessy de son enfermement. La jeune femme n'appréciait pas plus que ça sa cousine par alliance. Et dans sa détresse elle fut vraiment très contrariée de voir débouler « la grande rousse pimbêche » comme elle aimait la surnommer en silence dans sa tête. Il faut dire que de son côté, Viryane l'aurait bien affublée du pseudonyme de manouche embourgeoisée, si son éducation ne la retenait pas dans un contrôle permanent de ses propos. Donc, ces deux personnes ne semblaient pas avoir de points communs si ce n'était le fait d'habiter la communauté et d'aimer (ou d'avoir aimé) chacune un des cousins.

Les villageois avaient aussi remarqué quelques similitudes physiques chez les deux dames : une superbe silhouette toute en longueur et en élégance, avec un soupçon de rondeur aux endroits désirables, une flamboyante chevelure rousse ondulée, la démarche souple et stylée, sans arrogance et un magnifique sourire aux dents impeccables. Bref, elles auraient pu, chacune dans leur style jouer les top-modèles.

Viryane se décida donc ce matin-là à rejoindre la femme d'Angus. Pour la première fois de sa vie, elle sortit sans s'être douchée, maquillée ou même coiffée. Un gilet en mohair par-dessus son pyjama de soie fleurie, de fragiles claquettes ornées de plumettes roses aux pieds, et la grande dame traversa noblement la cour jonchée de cacas de poules et de feuilles mortes pourrissant tranquillement sur place. Elle frappa doucement à la porte, et se permit d'entrer sans attendre de réponse. Elle eut du mal à discerner la silhouette de Jessy dans la pénombre, les volets n'étant plus ouverts depuis quelques jours.

-« Tu n'as pas le droit de sacrifier ton fils, ni le bébé que tu portes en toi. Ils ont besoin de toi ! Réveille-toi.

Arrête de te défiler devant les épreuves. Cette expérience peut te faire grandir bien au-delà de ce que tu imagines. Que deviendront-ils si tu baisses les bras, que penseront-ils de toi ? Sois le tuteur, la lumière, l'espoir...Ne les abandonne pas, ne sombre pas. Tu n'as pas une main, mais dix ou vingt mains qui se tendent vers toi, tu n'es pas seule. Prépare -toi, dans une heure je passe te prendre, j'ai quelqu'un à te présenter. »

Jessy n'avait pas eu le temps de placer une parole que déjà sa belle-cousine avait traversé la cour. Ces quelques phrases avaient eu le mérite d'éveiller sa curiosité. Elle reprit donc le chemin de la salle de bain depuis longtemps déjà oublié.

Elle hésita juste quelques minutes encore, sentant que son geste pour ouvrir le robinet allait déclencher une cascade d'événements potentiellement dérangeants. Était-elle prête à quitter sa dépression, à aller affronter le monde, à accepter de l'aide et à trouver des solutions? Aurait-elle la force d'abandonner ce lieu d'enfermement si sombre et pourtant qui commençait à devenir confortable ? La lumière demandait des efforts, elle le savait depuis trop longtemps déjà. Oui, elle avait baissé les bras, et elle en avait bien le droit pensait-elle, trop de galères à porter depuis toute petite.

Et les larmes roulaient de plus en plus grosses sur ses joues amaigries

par la tristesse. Le petit goût salé du
flot de ses pleurs la surprit, elle
aurait presque sourit en se
pourléchant le contour des lèvres.
D'un geste décidé, elle ouvrit le
robinet et fut toute surprise
d'apprécier la tiédeur de l'eau sur sa
peau. Si Angus avait pu voir sa
femme à ce moment-là, il aurait
compris que le bout du tunnel n'était
plus loin.

19- Viryane se confie.

« Je voudrais te dire que les jours anciens n'existent plus. Et les jours nouveaux non plus. Je voudrais te dire que la vie est ici. Et t'attend dans l'éternité du présent » extrait du *Seigneur de la danse de Danis Bois.*

Les deux femmes partirent donc ensemble en direction de la ville. Il leur fallu à peine un quart d'heure pour se retrouver devant une élégante petite maison. Le jeune Lilian tentait de démarrer son scooter récalcitrant. Un personnage roux tout ébouriffé, un poil de carotte d'une bonne trentaine d'années sortit alors. Il se dirigea machinalement, tel un automate vers son fils. Sa démarche saccadée n'était pas sans rappeler quelque chose à Jessy. Le pseudo robot s'arrêta net, comme effrayé à la vue des deux femmes.

-« Bonjour Lenny, je te présente ma cousine Jessy, je dois lui raconter notre histoire. J'espère qu'on pourra l'aider »

-« j'ai rien à dire » répliqua l'homme et il tourna les talons.

-« C'est mon frère » déclara Viryane en le rattrapant et en l'enlaçant énergiquement.

-« c'est mon autiste préféré, ma poupouille d'amour ».

S'ensuivirent des câlins que seuls frères et sœurs peuvent connaître. Jessy se sentit un peu frustrée. Des sentiments ambivalents l'envahissaient : curiosité, méfiance, jalousie, mais aussi envie de se joindre à eux, de se laisser aller, de les sentir, de les toucher et de poser sa tête sur leurs épaules, de glisser ses mains dans les leurs. La jeune femme en était étourdie et elle s'assit sur le joli banc de pierre. Viryane et Lenny l'y rejoignirent.

Jessy n'écouta pas trop le début du récit, trop occupée à regarder sa cousine par alliance sous un autre angle. Elle entrevit alors la jeune fille blessée, l'adolescente apeurée ou l'enfant abandonné qui avait dû grandir trop vite. Les masques tombèrent un à un durant cette interminable matinée pleine de rebondissements. Les mots de Viryane se répandaient devant Jessy de plus en plus troublée, et la future maman ne pouvait plus décrocher les mains de son ventre rondelet. Comme un écho, elle sentait son bébé la supplier de l'aimer, de le cajoler et de ne jamais l'abandonner. Quant à Lenny, il passait d'une sorte de léthargie où rien ne semblait le toucher, à un état de pleine conscience où il était totalement imprégné.

Lilian abandonna l'idée de démarrer son scooter. Il aurait bien aimé être présenté, mais apparemment personne ne l'avait remarqué. Il ne retint pas le rot qui montait dans sa gorge, il s'arrangea même pour l'accentuer. Il voulait vérifier qu'il n'était pas invisible. Mais seule son haleine au parfum saucisson à l'ail fit froncer les sourcils de Jessy, et elle ne prit même pas le temps de lever les yeux vers lui.

-« Un vent ! »pensa-t-il en s'asseyant sur la chaise en toile aux motifs psychédéliques. Ce siège, Jessy l'avait remarqué, mais vu ses formes arrondies, elle n'avait pas osé s'y asseoir. Ce tissu l'intriguait, elle l'avait déjà aperçu quelque part.

- « Ah oui, le boléro de Raoul et non de Ravel ! » pensa-t-elle en riant intérieurement de sa blague idiote. Dans les moments de tension, elle avait l'habitude de faire baisser la pression en s'inventant des jeux de mots ou des vannes à deux balles. Lilian, intrigué par l'air sérieux des adultes, écouta attentivement le récit de sa tante, observant tour à tour son père et cette inconnue qui avait pourtant un air de famille. Voilà ce qu'il put entendre :

-« J'avais trois, quatre ans. Maman venait encore de se fâcher avec papa. Je crois que c'était à propos du bébé. Il disait souvent *-c' est le facteur tout craché, débrouille toi-* Je ne comprenais pas et presque tous les matins je me levais tôt pour apercevoir le préposé des postes *tout craché.* Pas d'indice pour moi, j'en avais parlé à Fanny ma copine de crèche et on en était arrivées à la conclusion que *craché* c'est pour les fusées ou les avions qui s'écrasent, et que le facteur venait d'une autre planète et qu'il avait été *craché* par une soucoupe volante. Je voulais en parler à papa, mais il m'avait fait un gros câlin en me demandant de lui promettre de bien m'occuper de maman car il avait caché un beau secret dans son ventre, un cadeau

116

qu'elle recevrait dans neuf mois...et en plus bébé Lenny, je devais veiller sur lui pendant son absence. Il était sûr que j'arriverais à le faire sourire, il me faisait confiance. Mon petit frère... » Viryane et Lenny se rapprochèrent encore.

-« mon petit frère ne souriait pas, il ne pleurait pas non plus et ça agaçait tellement maman, elle croyait qu'il ne l'aimait pas et que c'était de sa faute s'il paraissait inerte ! Quelques fois elle l'embrassait fougueusement, ou le chatouillait pendant des heures, essayant de lui arracher un sourire. D'autres fois elle le pinçait, lui tapait les fesses ou lui arrachait son biberon, juste pour voir s'il allait pleurer, et c'est moi qui fondait en larmes. Maman perdait pied, elle buvait de plus en plus de ce vin rouge qui donne mauvaise haleine et qui brouille le regard. Plus personne ne venait à la maison. Maman avait énormément grossit, elle avait changé la couleur de ses longs cheveux roux avec un produit bizarre qui laissait des traces marrons dans la baignoire. Et puis regrettant son horrible coloration, elle avait mis des grands coups de ciseau dans sa toison noirâtre. Pour la première fois je la trouvais moche. On mangeait n'importe quoi, je me souviens. Lenny, lui était tout maigre. Il allait avoir un an et je savais que papa reviendrait pour ce jour-là, j'avais entendu maman en parler au téléphone. Je voulais préparer un repas. Maman avait crié. Et j'ai vu du liquide visqueux entre ses grosses cuisses déformées. Je suis partie en courant prévenir les voisins et je suis tombée nez à nez avec papa.

L'ambulance est arrivée, maman a été transportée à la maternité...elle n'est jamais revenue.... »

Silence pesant

- « elle s'était suicidée après avoir donné naissance à une belle petite fille toute chevelue et rousse, bien sûr. »

Viryane se tut, retenant avec de plus en plus de mal ses sanglots, de grosses larmes coulaient sur les joues de Jessy et d'un revers de main, elle essuya la morve qui coulait de son nez. Lenny, lui, avait repris son visage impassible, il gérait trop mal la souffrance et avait pour réflexe de se retirer dans son intériorité.

Ce récit fut un véritable électrochoc pour Jessy. Cette histoire ressemblait trop à la sienne. Elle décida sur le champ de ne plus boire une goutte d'alcool et de sortir de ce rôle de victime qu'elle avait endossé par faiblesse ou par inconscience. Elle devait tout mettre en œuvre pour aider son enfant Rémy à vivre sereinement. Et sa petite Ondine (elle savait intuitivement que son bébé était une fille et ce prénom était une évidence), viendrait au monde dans de merveilleuses conditions : elle en faisait le serment. Avec Viryane, elles pourraient s'entraider et avancer. Elle sentait bien que toute la grande famille était derrière elle pour mener à bien ses projets. Et même si certains membres paraissaient un peu farfelus, elle savait que chacun aurait son rôle à jouer. Elle avait bien fait de prier. C'était Mélusette qui lui avait appris à se recueillir et à implorer la force supérieure de l'univers. « Et ça marche ! »se répétait la future maman en souriant intérieurement.

D'aussi loin qu'elle se souvienne, Jessy, chaque nuit conversait avec une petite fille dans son sommeil. Elle la surnommait Boubou, c'était son amie. Parfois elle lui attribuait le rôle de grande sœur. Et à chaque fois qu'elle voulait l'enlacer pour se rassurer ou pour la remercier de l'avoir écoutée, elle disparaissait. Elle s'était habituée à cette présence dans ses rêves. Mais après le récit de Viryane, Boubou la rejoignit plus fréquemment, allant jusqu'à s'inviter durant la sieste de la future maman. Et cette compagne qui disparaissait dès que les paupières de Jessy s'entrouvraient, voulait elle aussi savoir, elle s'interrogeait sur son essence même. Toute sa présence semblait se dissoudre dans cette simple interrogation : « qui suis-je ? » Boubou frôlait de plus en plus cette mince couche qui isole la rêverie du réel.

20-Le chemin qui mena à la joyeuserie.

« Nous suivons tous des chemins différents, mais peu importe où nous allons, partout nous portons cette petite parcelle que l'autre a bien voulu nous dévoiler. Et nous semons à notre tour des graines transmutées…au marcheur suivant de les arroser» extrait du carnet de route d'un pèlerin (beau !)

Avant d'accoucher, la jeune femme supplia sa belle cousine de faire des recherches pour savoir ce qu'était devenu le bébé orphelin. Cette petite fille qu'elle ne connaissait pas, Jessy s'y était attachée, allant jusqu'à l'imaginer comme une seconde Boubou.

Viryane sentait qu'il était temps pour elle aussi de savoir. Ce bébé refaisait surface, envahissant le moindre espace laissé libre entre chacune de ses pensées. Comment avait-elle pu laisser le silence et l'oubli faire disparaître cette toute petite princesse aux cheveux roux ? Elle s'en voulait d'avoir abandonné sa sœur orpheline, même si à l'époque, elle n'avait que quatre ans et qu'elle avait à peine eu le temps de l'apercevoir.

En effet, après la mort de sa mère, Viryane avait été rapidement placée dans une famille aisée de la banlieue parisienne. Lenny son frère, séjournait dans un institut spécialisé et elle allait le voir avec ses parents adoptifs un dimanche tous les quinze jours. Elle avait longtemps cru que son père était parti vivre très loin avec le bébé et elle pensait toujours qu'il reviendrait la chercher. Elle observait beaucoup son frère lors des visites au centre. Elle était persuadée qu'il savait des choses et notamment la date et le lieu de retour de son papounet chéri.

En grandissant, ses idées d'enfant devinrent une obsession, non pas pour être mère à tout prix. Non, elle s'attachait plutôt aux enfants en difficulté relationnelle, elle voulait comprendre et aider les personnes atteintes de troubles autistiques. Sa vocation était là. Sa grande sensibilité, ses exceptionnelles capacités intellectuelles et surtout son confortable environnement familial lui permirent d'intégrer les plus prestigieuses écoles et de faire de brillantes études. Elle devint rapidement une spécialiste de grande renommée.

Mais les idées étriquées de la plupart de ses confères, les intérêts des lobbyings pharmaceutiques et les protocoles tronqués mis en place pour traiter les troubles autistiques la rebutèrent vite. Elle s'éloigna de la médecine conventionnelle et de la région parisienne, embarquant du même coup son frère Lenny dans sa recherche *d'un autre monde*. Leurs parents adoptifs après quelques grincements de dents, se prirent au jeu et financèrent une grande partie du voyage presque initiatique qu'entreprirent les deux jeunes.

Ces derniers traversèrent différents pays, découvrant des cultures variées et surtout de sacrés personnages (guérisseurs, chamans, rebouteux, herboristes, alchimistes). Viryane était comblée, elle réussissait à faire sourire et même rire son frère, leur complicité était immense.
-« Papa tu seras fière de nous quand on te retrouvera» se répétait-elle comme leitmotiv.

Elle devait trouver la force de rentrer en France et de se poser afin d'aider son prochain. Et son rêve prenait forme…dans son esprit, mais aussi dans ses mains et ses dossiers, dans ses rencontres et ses alliances,

dans ses valises et ses petits sacs
remplis de pierres, de fioles
multicolores et autres talismans. Elle
vibrait de toute cette douce et
puissante énergie cumulée sur ce
chemin initiatique. Lenny semblait lui
aussi imprégné.

« La Joyeuserie », elle l'avait
rêvée. Ce nom la hantait ou plutôt la
tirait depuis sa plus tendre enfance.
Derrière ces lettres existait un lieu
fantastique imaginé par Viryane. Son
grand projet mûrissait dans chacune
de ses expériences. Il en avait fallu
des pas, des pas de géant, de côté,
assurés ou en arrière. Et toujours
cette même volonté, cette foi
infaillible, cette chance provoquée,
cet entêtement ….

Ainsi naquit le centre « la Joyeuserie » en pleine campagne, au milieu de nul part, là où tout peut arriver. Dans ce lieu magique, elle attira les plus grands spécialistes de la loufoquerie, ceux qui croient à autre chose, qui sortent des sentiers battus, qui cajolent la puissance de l'univers et qui murmurent aux oreilles des Dieux ou des miséreux. Elle rencontra des gens fabuleux, intellectuels, artistes, psychologues, éducateurs, magnétiseurs, gourous, sorciers, alchimistes, thérapeutes de tous bords. Elle accueilli les bancals, les abîmés, les esseulés, les alcoolisés, les incompris, les gueules cassées, les rejetés, les trop différents etc. La nature, les hommes, les animaux cohabitaient de manière plus ou moins harmonieuse. Cela ne fut pas toujours très simple, surtout vu le jeune âge et le manque d'expérience de la fondatrice.

Mais la « Joyeuserie » était née. Créée pour et par l'amour, ce grand amour universel, celui qui porte tout au-delà, cet amour sans faille et sans limite, tout neuf et pourtant si ancien. Et c'est là tout naturellement que Lenny, le jeune autiste, pu s'épanouir en testant les nouvelles approches thérapeutiques non conventionnelles. Il était en quelque sorte la mascotte et le cobaye, et ce rôle le comblait.

Et bien sûr, la Joyeuserie jouxtait un autre grand domaine, un peu moins conventionnel encore, un espace sans nom qui abritait une très grande famille. Certains parlaient de tribu, de farfelue City, de soixante-huitards attardés etc. Et c'est là, évidemment, que Viryane rencontra son premier amour en la personne de Bruce. Il devint rapidement l'homme à tout faire, le jardinier, le paysagiste ou bricoleur attitré de la Joyeuserie.

Il endossa très vite aussi le rôle de père. A peine quelques mois après sa rencontre avec Viryane, Limaya naissait. Surprenant bébé prématuré de presque cinq kilos pour cinquante-deux centimètres et en pleine forme ! De quoi occuper les discussions du vendredi matin sur la place du marché. Mais nul au sein de la tribu ne voulut reconsidérer ce temps de grossesse improbable, et le départ précipité du jeune facteur fut à peine évoqué. Limaya était là, magnifique enfant pétillante et pleine de vie.

21- Une petite sœur inconnue.

« Par sa nature même, la vérité porte l'évidence en soi. Dès qu'on la débarrasse des toiles d'araignées de l'ignorance, elle brille avec éclat »
Gandhi.

Les allures de grande dame légèrement embourgeoisée avaient souvent desservies Viryane. Mais comme par fidélité à ses parents adoptifs, elle n'avait jamais cédé à la facilité et aux penchants de la communauté. Elle continuait avec une bonne foi évidente à arborer de magnifiques tailleurs des plus grands couturiers, à se percher sur d'immenses talons, totalement inadaptés à sa vie, et à se parfumer des plus grandes fragrances. Elle avait eu du mal à faire comprendre à Einna qu'elle ne voulait pas de ses gilets tricotés main avec la laine des alpagas fraîchement tondus. Les parfums d'huiles essentielles que Mélusette mettaient dans chaque lessive l'insupportaient. Mais elle avait fini par s'adapter, sa compagne, beaucoup plus cool l'avait grandement aidée dans cette tâche.

Et justement Nina pensait, elle aussi, en cette année deux mille neuf, à la veille de l'accouchement de Jessy, qu'il était temps de lever le voile sur l'enfance de Viryane et la vie de sa petite sœur inconnue. Le passé de sa compagne la passionnait et l'intriguait. Elle, la gentille Nina avait eu une vie sans histoire, banale pensait-elle. Elle avait une facilité déconcertante à effacer les difficultés provoquées par son homosexualité. Elle pensait toujours aux autres, s'oubliant du même coup. Elle songeait souvent à ces récits que lui racontait son collègue maintenant retraité. Cet homme, pour étayer ses explications lors de la formation « terrain » de travailleur social, relatait des histoires vraies de familles disloquées, de parents dépassés, d'enfants délaissés, abandonnés, malmenés par le destin. Des vies pourries, brisées, mais au-delà de l'horreur, toujours ce même espoir, ce truc de fou, cette petite flamme qui se ravive grâce à un sourire, à une main tendue, à une rencontre, un livre, une chanson…Et maintenant, c'était elle Nina qui portait ce message, elle aidait les gens à se reconstruire, ou tout du moins à vivre correctement. Elle en avait fait la promesse. Et là, elle savait que son amoureuse était prête à chercher pour savoir et éclairer un pan sombre de son histoire. Elle se doutait que son ancien collègue trouverait les relations adéquates pour lever le voile sur l'enfance de Viryane.

Nina entreprit donc les démarches avec l'aide du retraité et de connaissances bien placées. En à peine une semaine, tous les actes, officiels ou non, furent regroupés dans un dossier que Nina prit soin de lire et de relire pour être sûre. Elle tremblait un peu en inscrivant en lettres capitales le prénom JESSY sur la chemise rose. Elle se confia tout de suite à Einna et Mélusette qui ne parurent pas du tout surprises, mais plutôt soulagées.

Les jumelles se chargèrent d'organiser un goûter juste pour Jessy et Viryane, avec une jolie nappe d'enfant, de la grenadine fraîche et des tartines beurre chocolat en poudre, des bonbons multicolores et puis des confettis et des ballons. Dans du papier crépon au milieu de la table, trônait le document. Viryane arborait un splendide chignon et une robe de soie rouge et noire rehaussait son teint pâlichon de cette fin d'hiver. Quant à Jessy, c'était son gilet « Alpaga » fait main qui couvrait chaleureusement son ventre rondelet. Ses couettes rajeunissaient son visage un peu tiré par une grossesse interminable. D'ailleurs tout le monde se demandait ce qu'elle attendait pour accoucher. Peut-être ce goûter ! Les deux femmes intriguées par cette invitation en plein milieu d'après-midi, pénétrèrent ensemble dans le salon.

Elles sourirent tendrement en voyant la décoration enfantine. Elles s'assirent l'une à côté de l'autre. Leur goûter préféré ! Elles ne purent résister bien longtemps, Jessy avalant goulûment sa tartine en laissant se répandre le trop plein de poudre de cacao sur son chandail et Viryane dégustant élégamment sa tranche de pain beurrée sans en perdre une miette. Les verres de grenadine engloutis, à peine le temps de s'essuyer la bouche ou de se laver les mains, et les voilà coloriant frénétiquement la couverture du livret de dessins d'animaux laissé en évidence sur la table. Une limace multicolore ornait désormais la première page du carnet. Et puis sentant qu'il était temps, que quelque chose d'important se préparait, elles se décidèrent dans un sourire complice à déballer le paquet couvert de crépon. A quatre mains et à deux paires d'yeux, elles découvrirent l'incroyable. De page en page, d'actes notariés en coupures de presse, de courriers en photos, toute une enfance se déroulait devant les deux femmes. Et ce furent deux cousines par alliance, devenues à nouveau sœurs qui sortirent de la pièce plus d'une heure après.

Einna et Mélusette n'avaient pas résisté à l'envie de regarder par la fenêtre, et elles auraient pu décrire cet événement dans les moindres détails, mais les contractions de Jessy devinrent si violentes qu'elles oublièrent leur espionnage pour se consacrer à l'accouchement imminent. Un joli bébé roux de plus de trois kilos cria un bon coup, annonçant le renouveau et la libération du passé : Ondine était née. La boucle était bouclée.

22-Retour au présent et confidences volées d'Einna...

« Mon incertitude est ma perfection, mon imperfection est ma certitude » réflexion de l'auteure.

-« J'ouvre ce carnet de minis-délires pour y noter ces petits moments plus ou moins intimes, ces petites aventures qui me font sourire, ces lieux où ma pensée a inventé des trucs foufous pour colorer mon présent ou même réécrire mon passé ou encore inventer un futur sans prise de tête. J'y mettrai mes délires qui me semblent légers et insouciants et qui, une fois posés, auront la profondeur parfaite, celle qui fait avancer...je me régale d'avance petit *carnet de te faire partager le pétillant qui m'habite quelquefois. »*

-« Voilà pour l'introduction » déclara Rémy en se saisissant du verre de cidre de tonton Raoul et en le vidant d'une traite. Personne ne l'avait vu arriver et s'installer en bout de table pour déclamer cette prose. Ce jeune garçon avait, décidément, des réactions imprévisibles. L'assemblée savait que Rémy était capable de retenir en une seule lecture, un texte d'une longueur inimaginable, mais qu'il prononce plus de vingt mots d'affilés semblait tellement improbable, que les auditeurs en oublièrent de s'interroger sur l'auteur de ces phrases.

-« *Mardi j'ai fait les courses pour toute la famille et ça n'est pas une mince affaire. J'ai donc pris le bus, direction la grande surface. Une heure après mon caddie était plein à craquer, je me suis dirigée vers ma caissière préférée : Judith je crois. Et tout en posant mes affaires sur le tapis de la caisse nous avons entamé une petite conversation. Et patati et patata et les enfants et les vacances etc...et derrière nous une nana, genre femme d'affaire, petit tailleur gris élégant sur un chemisier blanc impeccable, escarpins noirs bien cirés, maquillage soigné et discret, cheveux bien lissés à la mode de maintenant...sourire pincé, bref tout ce qui représente le type de femme qui m'insupporte au plus haut point (et je ne m'explique toujours pas pourquoi). C'est carrément épidermique !!! Je ne l'aurais pas remarquée si je n'avais pas sentis ce parfum si discret et si subtil, celui des grandes marques qu'on imagine en regardant les pubs dans les magazines….et puis j'entendais des soupirs répétés, et le tapotement agacé de ces ongles parfaitement vernis contre la ferraille de son caddie presque vide. Alors, quand je compris qu'elle m'adressait la parole, m'invitant à cesser mes bavardages inutiles qui la retardaient dans son planning de femme active et pressée, mon sang ne fit qu'un tour. Je me surpris à lui répondre du tac au tac, lui clouant le bec :*

-Madame, votre empressement est une grossière erreur. L'être humain vit en société et ce n'est pas un hasard s'il est doté de la parole. L'échange est primordial à notre

épanouissement et chaque petit geste, aussi minime soit-il en direction de l'autre, est d'une richesse inouïe. Votre attitude vous éloigne de l'espèce humaine. Dans votre mépris vous serez bientôt éclaboussée, au sens propre comme au sens figuré, je vous le promets-

Je me mis alors en quête des pièces de dix centimes que Betty m'avait confiées pour l'achat de ses bonbons tous plein de colorants. Sous le regard bienveillant de la caissière, je pris soin de sortir lentement de ma poche le billet de Lucas et de le déplier soigneusement, précisant que c'était pour régler le stylo à quatre couleurs et qu'il me faudrait une facture à part. Pour le reste je payai en chèque. La caissière complice, me demanda solennellement une carte d'identité. Elle s'appliqua à recopier toutes les références au dos du chèque. Un moment, je crus même qu'elle allait noter ma taille, et dessiner ma tête. Et puis majestueusement, Judith se leva et prit son petit micro pour demander à une de ses collègues de venir la remplacer rapidement.

-Vous comprendrez, Madame - dit-elle discrètement à notre femme d'affaire pressée - Votre comportement me donne la diarrhée, je vais faire caca. Vous patienterez bien encore quelques minutes- C'était énorme, cette tournure que prenait les choses. Je n'en pouvais plus et j'avais du mal à retenir mon fou rire, surtout en voyant la tête de la cliente se décomposer. Elle me toisa de son air arrogant, fit un demi-tour si bref

qu'elle failli perdre l'équilibre. Elle se dirigea vers une autre caisse. Dehors, mon frère m'attendait avec sa voiture. Le temps de charger toutes les courses dans le coffre et le clou du spectacle arriva. La dame en sortant énervée, ne vit pas la camionnette d'ouvriers hilares débouler, l'évitant de justesse et l'éclaboussant copieusement. YES, gros délire et cette sensation d'être une supère héroïne qui pourrait venger les petites gens de ces gros cons de bobos mal baisés...ho je me laisse aller. Mais c'est top secret tout ça...chut petit carnet »

Rémy se saisit des dernières cacahuètes et cette fois, c'est le verre de bière de Gérald qui y passa. Il n'avait jamais bu d'alcool et jamais non plus parlé aussi longtemps et aussi fort. Il se balançait d'un pied sur l'autre depuis le début, d'une manière trop régulière. C'en était agaçant. Adélaïde se dit qu'il faudrait sûrement l'interrompre, car c'était les écrits secrets d'Einna qui étaient divulgués ainsi. Mais elle n'en eu pas le temps. Rémy reprenait déjà sur un ton monocorde qui dénotait avec les paroles sortant de sa bouche.

-« *J'ai vécu l'extase. Magnifique, sublime, il n'y a pas de mots. Je savoure encore cette nuit d'amour. Il m'a aimé j'en suis sûre, très fort, juste un instant. Je garde cette tendre brûlure, cette brûlante tendresse en moi, je suis emplie, pétrie, sculptée, habitée....Je n'ose plus bouger de peur de me déformer, de voir s'envoler le pétillement qui habite chaque cellule de mon être. Comme après le dessert, quand je n'ose plus me laver les dents pour ne pas faire disparaître le goût du chocolat ou de la fraise. Je crois que mon repas amoureux est terminé, j'ai dévoré beaucoup de mets depuis tant d'années, je les ai appréciés, j'ai repris plusieurs fois des mêmes plats, variant les assaisonnements. Mais là c'était le dessert, l'apothéose. Et même mon magnifique Raoul qui tentera d'ici la fin de l'été de m'honorer n'y pourra rien, non je crois que cette nuit, j'ai fait l'amour pour la dernière fois »*

Toutes les têtes (excepté celle de Rémy qui continuait impassiblement sa récitation) se tournèrent au même instant vers tonton Raoul. Celui-ci s'essuya nerveusement le tour de la bouche avec sa serviette de tissu rouge comme son visage.   -« Euh. Ben oui, quoi ? Einna et moi nous nous aimons…à notre manière »

-« et bien levons notre verre à cette nouvelle » déclara Jessy qui revenait du jardin avec un panier empli de pommes de terre. Elle voulait surtout faire diversion et aller calmer son fils qui buvait un troisième verre d'alcool. Et Rémy continuait son monologue, une feuille de laitue coincée entre les dents !

-« Pourquoi décrire cet événement dans ce carnet 'minis-délires' ? Peut-être parce que cette nuit d'amour est une victoire, encore une fois sur d'autres femmes que je considère

mieux que moi. Je croise souvent des nanas qui me mettent mal à l'aise et je me sens gamine, nulle, inférieure, inexpérimentée, pas femme quoi ! Souvent dans ces cas-là je joue de l'autodérision, j'en rajoute, je tente d'amuser la galerie, je ne cherche même pas à plaire ou à évincer qui que ce soit. Je cherche à être aimée !!!!! »

-« Pourquoi tous ces points d'exclamation ? »- s'interrogeait Rémy qui ne semblait pas capter grand-chose aux subtilités de la ponctuation de mamie casse-croûte beurre camembert. Et il reprit sa litanie :
-*« C'était à la conférence sur les jardins partagés, le mec il était tellement beau derrière son micro et*

passionnant en plus, la petite soixantaine pas plus. Et les gonzesses, les petites jeunes de cinquante ans qui posaient des tas de questions en prenant la pose…et l'heure du goûter avec son lot de petits fruits venus tout droit de ces minis vergers est arrivée. Le bel homme s'est assis face à moi, nos regards se sont scotchés, impossible de les séparer, inutile de parler…on était en mode télépathie ! Et les tentatives des autres participants pour désolidariser nos pensées jumelles n'y purent rien. Nos corps commençaient déjà dans l'invisible à s'unir ».

23- Portable ou gnome ?

« Il fit de l'erreur une porte par où la vérité pût entrer » Sri Aurobindo.

Rémy s'assit et se tut, il sentait les effets de l'alcool, c'était tellement nouveau. Il avait envie de danser et quand Raoul proposa de jouer un peu de guitare, il fut envahi de joie. La musique provoquait toujours de belles réactions chez cet adolescent un peu différent. Il commençait même à apprendre à jouer de la guitare discrètement dans la bicoque réservée au tonton pour l'été. La porte n'était jamais fermée à clef et il avait trouvé une vieille guitare sur le matelas. Comme une amoureuse qui attendrait le retour de son homme pensait-il à chaque fois qu'il la reposait.

Et ce soir ce serait bien cette guitare que prendrait Raoul. La plus jeune, celle qui le suivait toujours, étant restée dans le coffre de la voiture rouge avec Kimberley. Raoul pensa soudain à cette amie, rencontrée quelques mois auparavant. Était-elle arrivée en Ardèche ? Il lui avait proposé de passer quelques jours au sein de sa tribu d'été, mais elle avait préféré continuer sa route pour rejoindre ses parents. Et à cet instant de la soirée, il pensa qu'il en était mieux ainsi. Tonton Raoul aurait été gêné de la divulgation de l'intimité de sa bien-aimée Einna devant Kimberley.

Soudain il réalisa que le truc qui le gênait depuis quelques minutes, cette étrange vibration sous ses fesses, ça devait être son portable. En effet Kimberley avait tenu à lui offrir un téléphone, et la bête se manifestait à intervalles réguliers par des sortes de ronronnements nerveux dans la poche arrière de son pantalon. Le tonton ne voulait pas montrer cet objet, lui qui refusait d'adhérer à cette société de consommation. Il jeta donc discrètement ce téléphone dans un buisson.

Nina revenait déjà avec une grande casserole emplie de purée. Étrange : les patates du panier n'avaient pas bougé. On trouverait bien évidemment un emballage de flocons « Mousseline » demain dans la poubelle jaune. Et personne ne songerait alors à critiquer cette utilisation de produits industriels, car ce soir nul n'avait envie de cuisiner. Il faudrait juste veiller à bien camoufler les preuves du délit car aucun villageois ne devait savoir. Nina n'osa pas en rajouter en sortant ses petites fioles de vinaigrettes et autres mayonnaises toutes prêtes de grande surface, c'était son petit secret. Mais qui se déciderait à faire la sauce salade ?

Les notes de musique résonnaient déjà et Raoul jubilait de voir petit à petit les pieds taper la cadence, les têtes dodeliner en rythme et les bouches entonner le refrain. Rémy se lança dans une étrange chorégraphie, loin des normes de danses actuelles. L'assemblée était scotchée par la façon dont le jeune garçon habitait son corps, lui si pataud habituellement. L'alcool avait sûrement fait tomber des barrières. Jessy lui laissa finir la bouteille de cidre au goulot. Elle avait avec le temps apprit à lâcher prise.

« L'amour, il n'y a que ça » se dit-elle essayant de se persuader que cette éducation permissive porterait ses fruits. Elle suivrait ses intuitions coûte que coûte ! Et en entendant son pitchounet entamer une chanson sur une improvisation de guitare du tonton, une joie immense l'envahie. D'où venaient ces paroles ? Et ce refrain ?

« Je suis une princesse ou une fée, est-ce un conte ou la réalité ? J'ai grimpé sur le mur de pierres, attrapé les barrières, je me suis arrimée, j'ai bien calé mes pieds, je devenais princesse ou fée pour vivre un conte dans ma réalité. Par-delà les corps déchaînés, je me suis élevée, au-delà des âmes éclairées, j'ai touché la divinité… J'étais une princesse ou une fée dans mon conte ou ma réalité. J'ai ri de mon intrépidité, la foule transformée, la houle à mes pieds, un océan aimé. J'étais une princesse ou une fée, était-ce un conte ou la réalité ?   L'instant d'un refrain il nous a tous portés, mais moi, unique dans cette immensité, c'est sûr il m'a remarquée, j'étais sa princesse ou sa fée, l'histoire d'un conte dans sa réalité. »

La famille était fasciné, le ton habituellement monocorde de Rémy avait laissé place à une vibrante et poignante manière d'explorer les sons et de donner de la profondeur aux mots. Cette princesse ou cette fée sortait-elle du carnet de minis-délires d'Einna ? Qu'importe, le moment était beau et sans un mot ou une note de plus, tous se donnèrent la main pour entamer une ronde autour du chêne.

Il était tard et Betty tenta de s'éclipser car elle savait que sa mère ne tarderait pas à l'enlacer et à la poser sur ses genoux pour la bercer. - « Je ne suis plus un bébé » pensait-elle en longeant le buisson pour aller retrouver Croc jaune endormi sur une vieille couverture près du bassin.

Elle distinguait déjà les soubresauts qui agitaient les pattes du chien et faisaient se retrousser ses babines et les extrémités de ses grandes oreilles. Quelle journée mémorable pour le toutou, il devait rêver de ses aventures. La petite fille sursauta en entendant une sorte de grognement répétitif.

-« Oh ! Non pas un lutin ! J'ai peur moi »- Elle fouilla vite dans sa poche et retrouva avec soulagement sa pierre de fée. Elle était sauvée. Einna lui avait offert ce petit caillou pour son arrivée dans la famille, et aux yeux de Betty, il avait de supers pouvoirs. C'est donc toute ragaillardie et sur la pointe des pieds qu'elle s'approcha du buisson pour dénicher le lutin. Surprise : le gnome à son approche s'était transformé en téléphone et dès qu'elle le prit en main, il émit des rayons lumineux.

-« Non, non, il ne m'aura pas à se transformer ainsi, je sais bien que c'est un lutin ! »

Son petit cœur battait de plus en plus vite, mais elle avait cru voir dans le ventre du monstre une grande femme blonde (comme celles qu'on trouve dans les bras de James Bond 007 pensait-elle), et puis surtout derrière qui faisait des signes de la main une petite dame. Et en s'approchant, elle reconnut sa grande tante Einna.

Il fallait absolument prévenir quelqu'un et le seul qui pourrait la croire était son frère Lucas.

-« Le lutin parle, je ne comprends rien et pis on dirait qu'il a avalé mamie casse coûte beurre camembert. Viens, elle est peut-ête pas mote, elle bouge encore comme la grande dame ! »

Et elle tirait de plus en plus fort sur la jambière du pantalon de son grand frère. Lucas regarda distraitement le portable, écoutant à peine les paroles de la petite. Il était trop occupé à chercher un indice expliquant la disparition de sa tante mais peut-être qu'en étant plus attentif à Betty et à son pseudo téléphone lutin, un début de réponse aurait pu lui être révélé.

La petite fille était déjà repartie, emportant discrètement la pince à cornichons. Elle put ainsi se saisir du gnome déguisé en téléphone, bras bien tendus bien sûr, pour laisser sa

trouvaille à une distance
suffisamment respectueuse de sa
personne et éviter d'être avalée à
son tour. Mais que faire
maintenant ? Jeter le lutin à la
rivière, c'était risquer de noyer
mamie et l'inconnue, l'enterrer
pouvait les étouffer et le brûler n'en
parlons pas. Il restait l'enfermement.
Ondine venait d'offrir à sa cousine
une jolie boite ornée de coquillages.
C'était un peu décevant de l'utiliser
pour enfermer un méchant lutin,
mais bon il fallait bien se dévouer
pour sauver sa mamie d'amour,
pensait Betty. Et c'est vrai que dès
qu'il fut à l'intérieur de la boite, le
gnome se calma : plus un son, plus
une lumière, juste des signes plus ou
moins magiques comme ceux que
l'on pouvait apercevoir sur la

tablette de la dame de la maison de la petite enfance. Bizarre, quel pouvait être le lien ? Betty se promit de tenter au plus vite d'amadouer le lutin par des offrandes ou des gentilles paroles. Pourvu qu'il soit encore temps de sauver les dames...elle s'endormit.

24-Souvenirs.

« Si songeur tu es, rêveur tu sembles » extrait du discours sur l'abstrait et le théorique d'Eugène Moipat.

La nuit tombait doucement, enveloppant nos personnages d'un cocon de douceur rassurante, balayant subrepticement les craintes de Betty. Papi boite à tout décida d'aller lever le linge. Habituellement Einna se chargeait avec plaisir de cette tâche.

Batiste décrocha les vêtements de la corde en ortie, cette ficelle artisanale fabriquée par Raoul l'an dernier. C'était la trouvaille et la lubie de l'été précédent. Le tonton voyageur avait décidé de lancer la fabrication de liens en orties au sein de la tribu. Et c'était avec soulagement que la grande famille s'était investie dans cette nouvelle activité. En effet, il y avait eu des expériences plus ou moins fâcheuses les années d'avant. Et même si tout le monde attendait avec impatience et curiosité le retour de Tonton Raoul et de ses inventions, on craignait toujours un peu ses projets parfois contraignants ou farfelus.

Surtout depuis son idée de couvrir les maisons de toitures végétales, la pente des couvertures de ces fermettes ne permettait pas ce genre de fantaisie. A la première pluie, toute la terre et les plantes minutieusement placées au faitage s'étaient retrouvées dégoulinantes le long des murs, ornant les gouttières de zinc d'un mélange de boue et d'herbe. Splendide résultat qui avait fait la risée des voisins. Et puis il y avait aussi eu l'installation de toilettes sèches et là, bien sûr, personne ne voulait se charger de récurer les lieux et d'épandre ce nouvel engrais un peu plus loin. Tout le monde avait bien vite réclamé le retour à des WC ordinaires, tant pis pour l'impact écologique de ce genre d'installation.

La grande famille pouvait tout de même remercier le tonton pour son idée de plantation de chanvre, la petite récolte était revendue à un artisan du coin spécialisé dans la création d'étoffes originales et authentiques. Et puis l'élevage d'alpagas sur une parcelle de la « Joyeuserie » était un vrai plus : pour le bonheur que procurait ses bêtes, pour leur compagnie apaisante, mais aussi pour leur toison véritable trésor qu'Einna prenait plaisir à filer, à teindre et à tricoter.

Donc, en cette fin de soirée, bercé par les derniers accords de guitare, grisé par deux ou trois bières, apaisé par l'odeur de fumée de la cigarette que fumait Raoul, l'esprit de tonton Bat se laissa aller à son penchant naturel : la rêverie.

Et il se revit tout petit, lorsqu'il devait encore monter sur cette petite estrade de bois pour atteindre la corde à linge. Cet accessoire fabriqué dans de vieilles planches de chêne avait traversé les temps, subissant les intempéries, supportant les jeux des enfants, le poids des habitants ou les griffures de chat, réclamant des décapages plus ou moins virulents et acceptant les peintures variées, osant même quelques arabesques originales. Dernièrement, c'était un point d'interrogation rouge sur fond blanc qui ornait ce petit banc aux allures de basset.

Papi Bat eu à peine besoin de cette estrade pour remonter le temps et se remémorer les interminables jeux de chat perché et autres amusements de l'époque. Il repensa au jeune voisin qui venait se réfugier dans la cour quand les autres enfants se moquaient de lui. Cet adolescent avait un sale caractère et il ronchonnait tout le temps. Mais batiste lui pardonnait car cela devait être pénible de subir les railleries des autres.

-« Raymond -tête de con, Potiche – tête de quiche, nez moche-tête de pioche », voilà le refrain inventé par trois insupportables enfants du village et chanté par tout un groupe d'insensibles. Batiste, au risque d'être écarté de la bande, essayait souvent de défendre cet enfant grincheux.

Mais apparemment ce dernier avait la mémoire courte. Raymond Pautiche De Némauche, fils de châtelain, héritier d'un grand domaine mitoyen des terres de la tribu n'était autre que ce désagréable monsieur qui avait assigné la famille en justice pour culture illégale de chanvre. Papi Bat n'en revenait toujours pas et il était bien content finalement que l'antenne relais est atterrie sur la propriété voisine. Il avait même évacué ses derniers ressentiments (si peu qu'il y en ai eu) en improvisant, une nuit sous la construction métallique, une farandole avec Gérald son fils et Lucas son petit-fils. Il avait bien pris soin auparavant de leur apprendre le refrain ironique de son enfance : Raymonde tête de con...

 Il cheminait dans ses pensées, mais il ralentit machinalement ce voyage dans le passé. Il allait frôler un espace-temps de sa vie qu'il n'assumait pas totalement : son amour pour la jeune Juliette, et son manque d'énergie pour retenir la mère de son fils Gérald. Et il avait une fâcheuse tendance à s'éloigner des souvenirs dérangeants.

Il en était là, prêt à faire bifurquer sa rêverie vers des contrées plus attrayantes, lorsque qu'il aperçut deux boules sur le côté du buisson. Il reconnut vite les deux endormis, et il murmura doucement : « Betty, Croc jaune, c'est papi, venez vous coucher, le marchand de sable ne va pas tarder ».

25-De Kim à Kimberley

« Tout est changement, non pour ne plus être, mais pour devenir ce qui n'est pas encore » Epictète.

Cela faisait bientôt deux heures que Kimberley était arrivée au petit village en Ardèche où ses parents vivaient depuis à peine un an. Elle était toute émue de les retrouver et elle ne savait pas comment entamer la conversation. Surtout que les deux septuagénaires anglais n'avaient pas revu leur fils depuis sa première opération de chirurgie esthétique et transformatrice. L'apparition de cette belle blonde au hameau les avait un peu surpris, mais de là à supposer qu'il s'agissait de Kim leur fils ! Pourtant, ce timbre de voix, cette façon de mélanger l'anglais et le français pour en faire une sorte de mélodie, ce nez en trompette...tout cela éveillait quelques doutes dans leur tête. Mais ils n'osaient s'imaginer l'inimaginable. -

« Impossible, non, non, non » répétait inlassablement leur mental grippé par une trop bonne éducation et un souci permanent du qu'en dira-t-on ?

Leur fiston avait eu une adolescence très dure, ponctuée de petits délits, de minis stages en prison, de provocations à tout va. Cette période avait été très éprouvante pour ces parents bien-pensants, ces Londoniens sans histoire, gentiment installés dans un quartier chic de la banlieue de la capitale. Ils avaient tentés à maintes reprises de camoufler les égarements de Kim, mais les scandales se multipliaient. Et lorsque ce fils révolté avait annoncé son souhait de devenir une femme, les neurones bien alignés de ses géniteurs s'étaient littéralement déchainés pour s'entrechoquer, emmêlant toutes les connexions et entrainant ses pauvres adultes désemparés dans une colère incroyable que les murs du pavillon eurent du mal à contenir. Totalement démunis (moralement et matériellement), le jeune dévergondé se retrouva à la porte avec à peine de quoi se payer un billet d'Eurostar.

Paris, la grande, la lumineuse, la vivante ville l'accueillit. Les miséreux en place gare du Nord acceptèrent sans rechigner cet original qui voulait plus que tout refaire le monde et surtout porter des robes des plus grands couturiers. Des années de galères, d'alcool, de drogue, de petits larcins conduisirent ce personnage en maison de redressement.

Et c'est là qu'un sympathique monsieur, un certain Raoul vint présenter son projet. Récupérer de vieux textiles, les trier et les recycler en vêtements chics, ouvrir des boutiques, faire des défilés : voilà l'idée. Et bien sûr, tous les acteurs, les artisans, les ouvriers de cette belle aventure seraient issus d'un milieu défavorisé (ex taulards ou chômeurs de longue durée, femmes délaissées, jeunes drogués etc.). Il s'agissait avant tout de redonner une chance à celles et ceux que la vie n'avait pas gâtés, ou qui s'étaient laissés dériver un peu trop loin des sentiers battus. Kim se sentit revivre en buvant les paroles de celui qu'il prenait pour un prophète. Oui ce projet était taillé pour lui.

De son côté, Raoul était charmé par ce personnage ambivalent, mi-homme, mi femme. Kim était un compromis de force et de douceur, mais aussi de colère et de sagesse. Ces multiples et intrigantes facettes serviraient cette entreprise solidaire, il le pressentait. Et effectivement, Kim devint vite un des piliers de la section mannequina. Il travailla sans relâche pour présenter des défilés à la hauteur de l'œuvre. Il souhaitait tellement que ses parents soient fiers de lui. Les choses se mirent en place rapidement. Après seulement quelques mois au sein de cette association, il trouva une certaine paix intérieure. Il dompta cette colère sous-jacente qui, au moindre laisser-aller le poussait à tout briser autour de lui.

Désormais, Kim laissait sa douceur naturelle se dévoiler au grand jour. Il découvrait également l'art dans ses formes les plus variées. Avec un regard différent, il retourna vers ses premieres amours : les graffitis. Il avait lui-même couvert des centaines de mètres carrés de murs. Cette expression picturale d'une révolte intérieure et d'un rejet de la société le touchait particulièrement. Par-delà le côté brut, rapide et interdit des œuvres, Kim ressentait la fêlure, mais aussi l'espoir porté par cette mise en action du taggueur. Il espérait bien pouvoir reproduire ses œuvres personnelles sur des toiles de tissu qui serviraient à la confection d'une nouvelle collection de haute couture. L'habit taggué devenait une sorte de protection, mais aussi un affichage de sa propre liberté. Dans cette idée folle, il pourrait compter sur celui qui était devenu un ami, un très grand couturier, parrain de l'association, un certain Christian. Son tuteur Raoul, lui aussi devenu pote, voyait vraiment d'un bon œil cette originalité. Il avait sa petite idée pour le tissu de base : il pensait bien sûr pouvoir le faire confectionner à partir du chanvre cultivé dans sa famille de cœur.

   Kim se sentait pousser des ailes, l'avenir était prometteur. Ces luttes n'étaient plus contre les évènements ou les gens, mais pour faire avancer les choses et aider les autres. Dans cette belle énergie, il s'autorisa à nouveau à réfléchir à une éventuelle transformation pour changer de sexe. Kimberley était prête à naitre.

26- Pendant ce temps en Ardèche.

« Il est des lieux magiques où tout peut arriver sans même qu'un brin d'herbe ne pense à s'en étonner »
Hugo fils Dutourisme d'Ardèche.

- « Bonjour, vous venez d'arriver? » - « Hello, yes, and you? Excusez- moi, je devrais parler français. Oui, je vais rejoindre mes parents et vous ? »
- «Heu…je suis un peu dans les vapes, je me suis réveillée ce midi en plein milieu d'un sentier, je crois bien que je me suis téléportée… »
- « ah bon ! Vape c'est quoi ? Y aurait-il un truc à boire dans le coin ? J'ai besoin d'un petit remontant pour comprendre et me

rassurer. Vous voulez dire quoi par téléporter ? Je ne saisis pas très bien. Vous les français vous êtes des drôles d'oiseaux ! »

Et c'est ainsi qu'Einna et Kimberley se mirent en quête d'un petit verre d'alcool. Ce duo improbable ne fit même pas retourner les têtes des habitants du quartier, trop occupés à préparer les festivités du solstice dans cet Ecco village. Et justement, la buvette venait d'être montée. Des verres comme à la cantine (avec un chiffre au fond qui pouvait éventuellement indiquer l'âge du buveur), étaient alignés sur le bois brut. Les deux dames goutèrent tour à tour les différents vins régionaux : des rouges, des roses, des blancs, des jaunes, des gris... les couleurs se mélangeaient tranquillement dans leur esprit, formant un arc en ciel de bonne humeur et d'incrédulité entre les deux buveuses. Et d'anecdotes en anecdotes, elles dévoilèrent pudiquement quelques brins de leur existence, n'hésitant pas à embellir un peu les faits.

Einna regardait avec de plus en plus d'intérêt son tee-shirt peint par ses propres soins. Les similitudes du dessin avec l'endroit de son atterrissage étaient surprenantes. Et en partageant cette remarque avec Kimberley, elle se remémora d'autres expériences.

C'était quelques années auparavant avec son petit fil Remy.

Ils adoraient se retrouver à l'heure du coucher. Mamie casse-croute beurre camembert inventait des contines pour l'endormir. Elle s'inspirait souvent des dessins qui ornaient les vêtements du bambin. Einna avait inventé une histoire de petit astronaute voyageant à travers les galaxies, rencontrant des extras terrestres, visitant la lune. Et le phénomène avait débuté quand, pour la première fois, Rémy arborait fièrement son pyjama à fusée entourée de planètes multicolores. Ce soir-là Einna avait vraiment eu très peur en voyant son petit-fils devenir tout pâle, de plus en plus transparent, un sourire rayonnant dévorant son doux visage. Les petites mains qu'elle tenait tendrement avaient glissées et le temps de se retourner pour chercher l'interrupteur de la lampe, Rémy avait totalement disparu. La mamie aurait voulu crier, mais aucun son ne sortait de sa bouche tellement elle était stupéfaite. Et puis l'enfant était réapparut, comme si de rien n'était. Il ne parlait pas, mais dessinait beaucoup et le lendemain matin ses œuvres évoquaient un lointain voyage à travers les galaxies. Le plus troublant était la précision avec laquelle l'enfant avait peint l'intérieur d'une fusée. Seul un astronaute avertit pouvait décrire ce lieu avec tant de détails. Et Rémy s'énervait beaucoup quand il fallait quitter ce pyjama, il réclamait de plus en plus souvent et de façon insistante les histoires de sa grand-mère. Le jour où il avait fallu changer cet habit car il était trop petit, l'enfant avait hurlé sa douleur, c'en était déchirant. Mamie casse-croute beurre camembert fabriqua un joli coussin en forme de fusée à partir du fameux pyjama. Et le temps fit le reste. Rémy se calma.

Et tout le monde oublia plus ou moins, sauf peut-être Lucas qui avait vécu des expériences similaires et qui s'intéressait de plus en plus au pouvoir de la pensée, de l'imaginaire et des représentations. Il avait même commencé à emprunter discrètement les livres sur la physique quantique de sa grande tante Mélusette.

Kimberley écoutait attentivement la mamie, mais son cerveau

fonctionnait au ralenti depuis qu'elle avait atteint son dix-septième godet d'alcool. Elle espérait boire dix-huit doses de vin, c'était le chiffre inscrit au fond de son verre et cela lui porterait chance ou tout du moins, cela lui donnerait du courage pour retrouver ses parents. Encore un, et elle irait frapper à la porte…

Quant à Einna, elle pensait qu'il serait bien qu'elle donne des nouvelles aux siens, mais elle n'en avait pas envie pour l'instant. Elle préférait couper les liens un court instant pour s'imprégner au mieux de cette atmosphère particulière. Et elle se sentait toute disloquée, comme si ses neurones s'étaient éloignés les uns des autres : drôle de sensation. Etait-ce les effets de l'alcool ou de la téléportation ?

Trente-six était le chiffre au fond de son verre et quand elle comprit la démarche de Kimberley concernant cette inscription, elle prit peur ! Mais au fait, que pouvait bien faire cette jeune femme alcoolisée tout debout face à un vieux bouleau, la main gauche entre les deux jambes ?
-« Elle ne va tout de même pas pisser comme un mec ! » pensa Einna dans un dernier effort pour réfléchir et se saisir d'un énième verre. Elle ne comptait plus, elle ne comprenait plus : à quoi bon. Il faudrait qu'elle pense à se reposer un peu.

Lorsque mamie casse-croute-beurre-camembert se réveilla, il

commençait à pleuvoir. Le ciel s'était rapidement assombri. Quelques éclairs, mais aussi de lointains grondements laissaient présager l'arrivée d'un orage. Einna, perturbée par cette absence de luminosité, ne savait plus comment se situer au niveau du temps, et elle dû se résoudre à réveiller son acolyte pour lui demander l'heure. Kimberley semblait tout aussi perdue : impossible de remettre la main sur son téléphone portable. Elle l'avait probablement laissé dans sa boite à gants. Le mieux serait de retourner à la voiture. Les deux dames repartirent donc sous une pluie de plus en plus forte vers l'entrée du village. La Ferrari rouge faisait tâche parmi les humbles véhicules laissés par les habitants dans ce parking en bout de route.

Einna félicita bien Kimberley pour la forme élancée et majestueuse du carrosse et sa couleur guerrière. Même si elle ne prêtait habituellement pas attention à ce genre d'objet, ses remarques étaient tout à fait sincères. Et Kimberley toujours en attente de compliments aurait bien fondu en larmes devant tant de gentillesse. Et magie (ou nouvelle technologie), d'une simple pression sur une petite carte : le coffre du bolide s'ouvrit tranquillement. Einna n'en croyait pas ses yeux :
-« le même tissu, la même coupe, c'est trop fort ! »- En effet, la guitare de Raoul était là, majestueuse

presque fière, dans sa housse de protection faite maison. Incroyable, Einna devait rêver depuis ce matin. Tous ses repères basculaient, les choses, et les gens (et peut-être les différents alcools) se mélangeaient. Cette étoffe aux motifs indous, elle l'adorait, elle ne s'en lassait pas, cousant coussins, poufs, boléro et surtout sa dernière création pour Raoul : une housse de guitare.

Kimberley paraissait préoccupée en tenant son portable à bout de bras. La connexion ne semblait pas maximale et le correspondant tant espéré ne répondait pas. Une photo personnalisait le contact sur l'écran. Einna crut reconnaître Raoul, décidément le vin lui réussissait moins bien que la bière. Et puis soudain, une petite bouille apparut dans le cadre virtuel :

-« la plus belle des petites asiatiques que la terre est portée » pensa la mamie.

-« Mais oui c'est Betty, et elle a l'air terrifiée, il faut faire quelque chose. Je reconnais toutes ces voix, ce sont les miens, mes amours, ma famille ! »

Et puis le noir, le silence, le néant, un grand vide qui bouleversa profondément Einna, au point de la faire trembler et même baver. Kimberley prit dans ses bras celle qui semblait s'évaporer. « Mon amie ne vous évanouissez pas.» Et pourtant…

27-Etranges retrouvailles.

« L'expérience la plus belle et la plus profonde que puisse faire l'homme est celle du mystère » Albert Einstein.

Non loin de là, une autre mamie, Mélusette, était également perturbée. Elle venait de comprendre les fondements de la physique quantique. Elle aurait été totalement incapable d'expliquer, mais elle savait qu'elle avait intégré ces principes au sein même de sa matière. Et l'effet était sûrement aussi puissant que les nombreux verres d'alcool ingérés par sa sœur où même qu'une probable téléportation de cette dernière.

En un clin d'œil, les jumelles se retrouvèrent unies dans leurs pensées. On aurait pu croire que leurs cerveaux avaient fusionnés pour créer un seul et unique système cognitif, une sorte d'esprit partagé. Et puis ce furent les atomes de mamie casse-croute beurre camembert qui réagirent plus vite que la lumière, transportant son corps de manière spontanée au côté de Mélusette. Cette dernière ne parut pas du tout surprise de cette arrivée brutale sur son tabouret. Elle déporta prestement son corps à droite, laissant juste assez de place pour accueillir le demi-fessier d'Einna. En apercevant les deux corps des sœurs se partageant le même siège, telles des siamoises, Serge, le professeur de physique

quantique se doutait bien aux rictus exagérés et aux visages curieux qu'elles affichaient, que d'étranges phénomènes étaient en train de se produire. Il ne se souvenait d'ailleurs pas avoir invité Einna au séminaire.
-« hum, hum...je vieillis ! » se dit-il en s'éclipsant discrètement, laissant les jumelles reprendre leurs esprits.

Einna semblait épuisée.
Mélusette bien intentionnée sortit une canette de bière de son sac. Elles partagèrent le breuvage tiède et seuls deux, trois petits rots et quelques gloussements perturbèrent le somptueux silence de cette fin de séminaire. Les mots ne semblaient pas utiles, les jumelles depuis toujours communiquaient par la

pensée, utilisant la télépathie de manière intuitive et naturelle.

28-Un trio improbable.

« Nous ne sommes pas des êtres humains vivant des expériences spirituelles, nous sommes des êtres spirituels vivant l'expérience humaine. » Pierre Teilhard de Chardin.

De son côté, Kimberley se sentait perdue, elle venait de voir disparaître sa nouvelle amie. Elle avait promis au prêtre de ne plus boire d'alcool. Dieu l'aurait-il puni en lui enlevant cette bienveillante mamie ? Tout son corps se raidissait, l'angoisse montait.

-« Je suis responsable de cette disparition ! Décidemment, ils avaient raison : je ne suis qu'une bonne à rien. Honte à moi. Je ne mérite même pas de voir mes parents et je pue l'alcool à trois milles à la ronde »*.

La belle blonde, dans un dernier effort pour ne pas s'écrouler de chagrin, se rattrapa au coffre laissé ouvert et vomit toute son amertume sur le pare choc arrière de la voiture. -« c'est fait » pensa-t-elle en claquant la portière. Juste le temps de se rafraichir avec quelques gouttes d'après rasage sur les joues et la voilà redémarrant en trombe, totalement dessaoulée par cette idée de génie : elle devait retrouver la sœur jumelle d'Einna. Kimberley avait entendu parler d'un lieu magique où même le Dalaï Lama

traduction approximative par l'auteure des pensées auto-récriminatoires de Kimberley.

venait se ressourcer. Le séminaire ne pouvait se dérouler qu'à cet endroit, elle suivrait son intuition et aussi la seule route qui repartait du village. Tant pis pour ses parents, ils attendraient bien encore un peu pour la retrouver. Elle avait appris à transformer sa violence destructrice en une force d'action surprenante.

Un petit vent soufflait sur le karma Ling, faisant claquer gentiment les étoffes de prières. L'orage s'était éloigné, ne laissant sur ce lieu de paix qu'une fraîcheur légère de fin de soirée. Les oiseaux pensaient déjà à se coucher dans leurs nids douillets, ils s'apprêtaient à siffloter de douces berceuses à leurs petits, lorsque soudain, un étrange grondement déchira la quiétude naissante.

-« Kimberley nous rejoint » s'écria Einna le sourire aux lèvres.

Les petits culs blancs des lapereaux disparurent dans le fourré. Mais hélas, l'escargot, qui tentait de rejoindre une belle salade, n'eut pas la chance de continuer son chemin. Sa rencontre avec un pneu de Ferrari fut fatale. Cruel destin ! Mais c'était son karma.

La belle blonde était là, enlaçant rageusement son amie Einna et saluant amicalement Mélusette à la manière d'un pote. Les jumelles sentaient qu'il était temps de rentrer. Elles devaient absolument et au plus vite se ressourcer dans leur tribu. Partager leur expérience était essentiel en ce solstice. D'ici quelques heures, l'effet énergisant de cette conjoncture particulière des planètes et du soleil s'évanouirait. Et quoi de plus rapide qu'une Ferrari pour rentrer au bercail. Kimberley aurait tellement aimé connaître un tel endroit de réconfort. Les deux sœurs lui expliquèrent que ce lieu, chacun le portait en soi, et que leur communauté n'était que la partie visible de cet havre personnel. Et bien sûr, elle serait accueillie comme une des leurs.

29-Gérald pressent le retour des jumelles.

« A vos intuitions vous fier » Yoda.

La soirée touchait à sa fin. Gérald, si discret habituellement, faisait tout son possible pour retarder le moment où tout le monde se séparerait. Quand les têtes commençaient à s'affaisser sur elle mêmes, que les paupières ne parvenaient qu'au prix d'une grande concentration à se maintenir élevées, quand les phrases s'espaçaient et que le ton des narrateurs devenait de plus en plus ennuyeux, alors, Gérald relançait un sujet de conversation. Il ne lâchait plus son auditoire. Ce soir, personne ne connaissait sa motivation, et certains étaient de plus en plus intrigués par son comportement. En fait, Gérald pressentait tout simplement que ses tantes arrivaient et il savait à quel point il était important de les accueillir dignement.

Il avait vraiment souffert durant son enfance de ne jamais être attendu par un être cher, que ce soit à son retour d'école, de colonie, ou de pension. Son père Batiste avait fait le maximum à l'époque, mais il était bien trop occupé par son travail de plombier. Et en plus de s'occuper de son fils, il avait dû gérer le comportement puéril de sa femme-enfant.

La jeunesse, la fougue, et même les caprices de Juliette, tout semblait tellement charmant au début…A l'époque, Batiste, tout rêveur qu'il était, n'avait pas voulu voir la frivolité et l'inconscience de cette adolescente. A dix-sept ans elle n'était pas tout à fait prête pour endosser son rôle de mère, mais elle voulait, pour des raisons plus ou moins avouables, avoir un bébé. Le nouveau-né Gérald pointa vite le bout de son nez. Et c'est sûr, il ne manqua pas d'amour. Mais il manqua surtout de présence maternelle, car malgré une affection débordante pour son fils, Juliette ne pût résister à cette envie de vivre une aventure de liberté hippy.

Elle n'avait pas réussi à remarquer cet esprit communautaire au sein même de la famille de

Batiste. Pour elle, les vrais babas cool avaient la barbe et les cheveux longs, ils ne travaillaient pas beaucoup, se nourrissant de pissenlits, fumant des trucs bizarres, se lavant dans la rivière, et se mélangeant pour faire l'amour au beau milieu des champs. Et surtout point d'école pour leur progéniture…

Et là, Batiste n'était pas d'accord. Il estimait que malgré ses imperfections, l'éducation nationale offrait beaucoup aux enfants et que les petits avaient besoin d'une ouverture vers le monde extérieur. Il pensait qu'en rejetant en bloc le système, on n'était pas prêt de faire bouger les choses et qu'il valait mieux sûrement infiltrer les institutions pour faire évoluer les mentalités. Mais là, Juliette était trop frivole pour réfléchir à ce sujet,et la fuite en avant était sûrement sa seule solution.

Batiste essaya bien de se laisser pousser les cheveux, mais avec sa calvitie naissante, son petit bidon et ses pattes trop courtes, le jeune homme de l'époque ne faisait pas vraiment figure de hippy. Dans son intériorité, il était sûrement le plus beau des babas cools, mais ça, Juliette ne le vit pas et elle préféra voguer vers d'autres aventures. Elle passa le plus clair de sa jeunesse dans une communauté ardéchoise, réapparaissant le temps de soutirer un peu d'argent à son homme et de prouver à son fils qu'elle l'aimait toujours énormément. Et ça, Gérald n'en douta jamais, sa mère était sincère dans ses sentiments.

Et c'est là que la présence des deux jumelles fût primordiale. Ces deux femmes au grand cœur épaulèrent Batiste au mieux dans son rôle de père. Gérald était un bambin joyeux et très calme, un peu rêveur lui aussi. De cette enfance un peu galère, il avait gardé une peur de la séparation et un goût prononcé pour les retrouvailles. Et puis surtout, il jouissait, comme un chat, d'une sorte de énième sens qui lui indiquait de manière presque infaillible le retour de ses proches.

Maintenant, Gérald prenait donc toujours grand soin d'accompagner les siens dans leurs départs et leurs retours, que ce soit pour aller à l'école, ou revenir d'une colonie. Tout le monde s'était habitué à le voir faire un petit signe de la main à pratiquement tous les membres de la tribu chaque matin, même à l'aube. Et il aurait été bien étonnant de ne pas l'apercevoir près de la barrière tous les soirs quel que soit le temps, pour faire sentir à chacun l'importance de son retour. Son travail à domicile lui facilitait la tâche. Il rénovait avec grande habileté de vieux meubles, ponçant, rabotant, peignant, bref, il customisait. Mais il n'hésitait jamais à lâcher pinceaux, râpes et autres outils pour se précipiter à la barrière au moment opportun. Il avait développé une bienveillance et une tolérance presque excessive, et tout le monde l'aimait ainsi.

Les sœurs jumelles avaient remarqué l'importance de la blessure infantile créée par le manque de maternage. Elles avaient fait de leur mieux pour pallier aux trop nombreuses absences de Juliette. Et ça, Gérald en était conscient et reconnaissant. Il n'aurait pas supporté qu'Einna et Mélusette rentrent sans être accueillies dignement. Alors, quand Adélaïde proposa de débarrasser le couvert, son homme se précipita pour laver la vaisselle. Surprise générale, habituellement Gérald s'éclipsait au moindre mot ayant trait au ménage (genre balai, éponge, rangement, chiffon, frotter etc...)

Mais il avait sa petite idée : retarder au maximum l'heure du coucher. Et comme il n'avait aucune aptitude au lavage, cela risquait d'être long, surtout si entre chaque assiette il glissait une petite blague du genre :

- « c'est un gars qui va au bistrot et voit tous ses potes. Il dit - *salut, c'est moi !* - en fait ce n'était pas lui. » Et les rires repartaient, tout le monde essayant de trouver à son tour un truc pour amuser la galerie.

Adélaïde ne trouvait pas à son gout cette désorganisation. Elle aurait bien pris les choses en main, mais à quoi bon : cette famille était décidément trop délicieuse. Les bougies s'éteignaient une à une et Limaya s'obstinait à les rallumer. Un agréable petit vent balançait tranquillement la guirlande électrique multicolore.

Raoul riait intérieurement en pensant à cette décoration de quatorze juillet. Einna était tombée en admiration devant lors du bal au village de l'année passée. Et le tonton n'avait pas résisté longtemps à la tentation. Il avait décroché cette guirlande au petit matin, se faisant passer pour un ouvrier communal. Mamie casse-croute beurre camembert avait pleuré de joie en recevant ce présent. Nul n'avait cherché à connaître la provenance de cette guirlande. Etait-ce nécessaire ?

30-Arrivée remarquée des drôles de dames.

« Mission retour à la maison, mesdames » Charlie

Jessy, Ondine et Raoul reconnurent tout de suite le bruit du moteur qui terrifia tout le reste de la famille. Et la Ferrari rouge pénétra nerveusement dans la cour, s'arrêtant à quelques mètres seulement de la tablée estivale. Einna et Mélusette ne sortirent pas immédiatement de la voiture, savourant l'effet de surprise de leur retour. Kimberley quant à elle, attendant le feu vert des sœurs pour aller à la rencontre de ces inconnus.

Mis à part Lucas et Raoul, on eut cru que l'assemblée venait de voir atterrir une soucoupe volante. Ils s'approchèrent tous un à un et les jumelles prirent grand plaisir à bondir chacune de leur côté hors du véhicule. Imaginez un peu les cris, les rires, les larmes, les embrassades, les clins d'œil complices. Kimberley tentait de sortir elle aussi, mais l'attroupement bloquait la portière, ignorant royalement la conductrice. Raoul réussi tout de même à se frayer un passage pour venir en aide à Kimberley et la présenter à tout le monde. Elle avait du mal à distinguer les visages, malgré le petit jour qui s'approchait timidement.

La nappe fut vite secouée et replacée. De grands bols remplis de café au lait fumant côtoyèrent les derniers verres oubliés. Le long de la route, les sœurs avaient déniché une petite boulangerie et elles avaient dévalisé plus des trois quarts de l'étal au grand étonnement du marchand. Baguettes et croissants, beurre frais et confitures trônaient maintenant. Tout le monde était prêt pour s'assoir à nouveau autour de la table et discuter jusqu'au lever du jour.

Les convives étaient tellement joyeux qu'ils en auraient presque oublié leur nuit blanche. Betty avait réussi à dormir quelques heures contre Croc jaune. Elle sauta tour à tour dans les bras d'Einna et de la grande dame, celle qui était prisonnière du gnome. Quelle délicieuse odeur sur les joues de Kimberley :

-« tu sens bon comme papa quand il

vient de se raser, pa conte toi t'es comme mes mamies, y'a une odeur d'alcoule dans ta bouche, mais je suis contente j'ai calmé le méchant lutin et t'es là ».

Einna hésita à évoquer Juliette, elle croyait bien l'avoir aperçue à la buvette du village ardéchois, mais elle ne voulait pas raviver de vieux souvenirs chez Gérald ou même Batiste. Et puis il lui semblait bien que quelqu'un s'était approché tout près d'elle durant son sommeil après sa première téléportation. Et là, dans ce petit matin rassurant, machinalement elle mit sa main dans sa poche. Einna trouva une enveloppe, probablement glissée durant son moment d'absence.
-« *Coucou madame Einna, je suis*

Juliette, je vous ai vu à la buvette et j'ai pas oser vous parlé. Vous dormez, je vous mets donc ce papier dent la poche. Dite a Gérald (qui doit etre grand) que je l'aime toujour autan et que j'espere qu il et heureux. Sa maman damour. Ps excuser les faute »

Que faire de cette missive ? Mamie casse-croute beurre camembert préféra attendre un peu pour trouver le moment opportun et donner discrètement ce courrier à Gérald. De petites larmes roulaient sur ses joues, elle avait toujours bien aimé la jeune Juliette et l'imaginer en femme sexagénaire l'émouvait beaucoup.

31- Nouvelle journée sur la communauté.

« Même pâle, le jour se lève encore, étonné, on reprend le corps à corps »
Barbara /Aubert.

Une fabuleuse bulle d'amour enveloppait tout ce petit monde et irradiait l'univers de ses rayons de plénitude. De l'au-delà, de très, très loin, Anaëlle souriait.

Il fut décidé à l'unanimité que ce jour serait chômé et chacun trouva un petit coin de repos pour rattraper un peu de sommeil.

Lucas eu beaucoup de mal à s'endormir, il était tout excité de présenter sa mini-conférence. Ses grandes tantes et sûrement Croc jaune avaient expérimenté la téléportation, il en était presque sûr. Cet après-midi, ils se réuniraient tous et l'adolescent présenterait son diaporama et expliquerait ses théories avant-gardistes. Cette famille avait tellement l'esprit ouvert qu'il pourrait se faire plaisir et parler de choses que seuls quelques initiés pourraient entendre.

Mélusette et Einna arrivèrent plus tôt que prévu à l'espace « M'ondes and Co-nexions ». Elles échangèrent beaucoup avec Lucas. Leurs propos ne pourront pas être rapporté ici, un esprit non préparé ne peut pas comprendre et ne doit pas savoir. Il sera temps un jour de divulguer leurs découvertes :

patience. J'ai promis de ne rien laisser filtrer…

Serge, le professeur de physique quantique arriva juste à temps pour se faufiler dans la salle. Il allait refermer la porte quand trois nouveaux personnages arrivèrent : Lenny, son épouse Judith (la caissière de la grande surface) et Lilian leur fils. La famille élargie était désormais réunie, petits et grands, jeunes et moins jeunes et même Croc jaune était là. Il faisait tout son possible pour ne pas s'endormir. Il faut dire que Limaya lui massait tendrement le dos, ce qui ne lui facilitait pas la tâche pour rester éveillé.

Lucas, tel un maître de conférences, rayonnait sur la petite estrade improvisée. Ses propos sonnaient juste et chaque participant trouvait un bout de vérité, ou un éclairage nouveau à sa vie. Il y eu de nombreuses questions, des échanges constructifs et même des expériences...

Einna ne pensait pas participer tout de suite à une nouvelle téléportation. Elle était fatiguée de toutes ses aventures. Elle profita d'une pause dans la conférence pour aller embrasser un par un tous les participants.

- « Hum ! que c'est bon tout cet amour, quelle belle énergie, je me sens pousser des ailes. Amis, famille, vous êtes mon carburant... »

De son côté et en sens inverse, Mélusette avait entamé le même tour de piste : embrassades, bisous, accolades, petits mots susurrés dans l'oreille. Et les sœurs se retrouvèrent bien sûr l'une à côté de l'autre pour entamer cette dernière partie de conférence.

Elles pensaient bien être tranquilles dans leur petit coin, elles avaient pris soin comme à l'école de se camoufler derrière les plus grands (il n'y en avait pas tant que ça dans cette famille). Einna commençait même à s'assoupir, ou plutôt à rêver. Elle s'imaginait au collège, s'asseyant à côté de son chanteur-guitariste préféré et lui racontant sa vie en communauté…et lui sortait une grosse guitare à quinze cordes de son tout petit cartable violet et il entonnait une chanson…une princesse ou une fée… la, la, la…la réalité...ma réalité m'a...Einna...na, na.

-«Einna, j'ai besoin de ma grande tante Einna... »
-« hein, oui je suis là, présente » cria mamie casse-croute beurre camembert sortant subitement de son rêve. Toutes les têtes se tournèrent vers elle. Einna avait répondu si vite et si fort.
-« tata veux-tu faire une petite expérience ? »
-« oui, oui »- crièrent ensemble les trois quarts de l'assemblée. Raoul, bien que d'un tempérament intrépide, n'était pas trop chaud pour voir son amie tenter de nouveaux trucs. Quant à Serge, il ne connaissait que trop les essais de ses prédécesseurs, et il craignait un

manque d'expérience des protagonistes. Oui, il appréciait la mamie et il avait bien compris que Lucas voulait essayer de provoquer la téléportation chez cette dame.

C'était jouer avec le feu, pensait ce spécialiste. Et il avait beau lever la main pour expliquer son désaccord, personne ne semblait ni le voir, ni l'entendre.

32-Nouvelles téléportations ?

« Seul le fantastique a des chances d'être vrai » Teilhard de Chardin

–« Je préfère attendre un peu, j'ai besoin de calme. Puis-je me permettre de reprendre des forces dans mon boudoir de ressourcement ? »
En fait Einna avait une grosse envie de continuer son rêve, elle voulait savoir si son chanteur aimait `*une princesse ou une fée '*.

Et pendant que le restant de la bande buvait un verre de l'amitié, échangeant à tout va sur les thèmes évoqués précédemment, notre mamie se dirigea tranquillement vers sa maisonnette. Elle prit soin de sortir les photos du dernier concert,

224

elle étala ses poésies et ses prières, elle alluma un peu d'encens et quelques bougies, elle posa sur la platine un vieil album au son si familier. Et puis surtout, elle se drapa d'une splendide étoffe de chanvre sur laquelle elle avait peint un énorme point d'interrogation rouge. En joignant les mains au niveau de son troisième œil, elle murmura doucement...tout doucement la berceuse qu'elle avait imaginée pour ces moments d'introspection :

–«...*Mais un refrain de mon adolescence m'a remise en effervescence,*
Percutée mon immobilité,
maintenant, il faut recomposer.
Toutes ces années de prières, pour reconstruire ma bulle de verre.
Un lieu d'échange vers l'infini,

l'atelier des couleurs de ma vie.
Voyages sans cesse réinventés, entre
mes rêves et ma réalité.
Ces clins d'œil à mon identité, ce
monde nouveau à protéger
Il y a des années-lumière, existait une
bulle de verre,
Où les rêves de l'humanité, un jour
ont été déposés... »-

Elle n'eut pas le temps de réciter une troisième fois sa poésie qu'une étrange lumière bleue entoura son corps, le rendant invisible aux yeux ordinaires. Elle ressentit vite des pétillements connus au sein de sa matière. Ses pensées ralentirent, tout devint limpide et simple !

Et puis la foule, cette immense foule. Elle voyait tout, elle sentait tout, elle aurait pu toucher chacun ou même frôler chaque note de musique. Elle était en totale osmose avec tout le groupe .

-« Ce soir est ce soir, j'ai besoin de croire… »- reprit-elle en chœur, se laissant porter par la magie du présent.

En retrouvant l'étoffe en boule sur le sol, Mélusette comprit vite que sa sœur jumelle avait à nouveau utilisé la téléportation pour passer de la réalité au rêve ou du rêve à la réalité. Elle ne savait plus très bien où se situait l'un ou l'autre. Elle eut envie à son tour d'utiliser ce raccourci magique, et elle se drapa de cette sorte de cape de téléportation en récitant une petite prière connue d'elle seule.

Quand le restant de la tribu arriva, Mélusette avait également disparu. Une oreille très affutée aurait pu l'entendre à deux cents kilomètres de là entonnant à tue-tête –« un pays loin d'ici ou tout près si tu veux ».

Dans un long soupir, ils laissèrent tous échapper en chœur :
-« Elles sont vraiment Insu… »
-« Potable, c'est dans le potable dans la boite aux coquillages que le lutin s'est calmé !»
Ils n'avaient pas eu le temps de terminer leur phrase, que Betty avait brandi le petit coffret contenant le fameux téléphone. Ha, elle tombait bien cette fillette, oui tout le monde était d'accord :

-« Les sœurs étaient vraiment *insupportables !* »

✓ Encore un petit carnet à peine entamé. (Trouvé dans le boudoir de ressourcement peu après la téléportation d'Einna) :

« Mes mercis :

- Merci à ma magnifique famille que je saoule avec mes idées à la noix, mes insatisfactions (je veux toujours mieux), mes sauts d'humeur, mes écrits bizarres, mes bières tièdes. Je vous AIME !!!!! +++++++

-Merci à mes amis, je ne les énumère pas, mais je les honore au quotidien de mes plus belles pensées et j'essaye d'être présente juste ce qu'il faut. Les petits plats que je leur

prépare et les bières (encore) que je partage sont ma façon de les aimer.
Ma maladresse (dans mes propos) que je ne cache plus, je vous l'offre : il y a beaucoup d'amour avec...

-Merci à mes idoles, penseurs, philosophes, conférenciers, coachs, écrivains, musiciens, chanteurs, thérapeutes, kiné, magnétiseurs, voyants, bâtisseurs de demain etc...

Merci à ceux qui m'ont poussée quand je voulais m'assoir sur le bas-côté et à ceux (ou celles) qui m'ont tirée vers le haut de la colline quand j'ai voulu rebrousser chemin. Et merci aux gens qui n'ont pas osé dire que je faisais fausse route, car, mon égarement me comble de bonheur aujourd'hui...

Et un grand merci aux Insus d'être revenus...tout se transforme alors je continue ma route.

Et on avance ensemble (petit clin d'œil à D.L.)

Merci à la magie et aux mystères de la vie qui me tiennent en haleine...

Merci à ZinkAnnie d'avoir su m'apercevoir...

Merci à P'tit Clou de lui avoir tendu une plume...

Merci à vous : cherchez bien vous êtes là, dans cette liste non exhaustive, *il reste des lignes à écrire, des espaces à combler, des moments à partager, alors merci à vous tous qui lisez, je crois déjà vous connaître...*

Si, si, si...mais chut... Je viens à votre rencontre...

Einna »

✓ Références ou petits clins d'œil :

Vous apercevrez dans ces écrits, certains personnages ou lieux connus (ou non). Je me suis permis d'emprunter des noms, parfois de les modifier. Ils font un peu partie de mon histoire...

« Les Insus...portables », groupe de rock français (ex « Téléphone », à une bassiste près !) facilement repérable à son point d'interrogation rouge.

Le couturier Christian Lacroix et l'association « Tissons la solidarité » Je vous invite d'ailleurs à regarder de plus près leurs initiatives.

« Les aventuriers d'un autre univers » sont en fait « les aventuriers d'un autre monde », collectif de chanteurs/musiciens.

Le village en Ardèche pourrait ressemble à l'Ecco village des Buis. Et le Karma Ling existe vraiment.

Le casse-croute beurre camembert et les prénoms Adélaïde ou Limaya (contraction de Line et de Maya) sont des références très personnelles...

Epilogue :

Je sentais bien que je n'étais pas seule dans ma tête. Mais voilà j'ai laissé un peu trop de liberté à ceux qui cohabitaient sagement avec moi depuis longtemps. Et ils sont sortis de leur tanière, ils avaient tous des histoires à raconter. Et j'ai bien cru ne jamais pouvoir les arrêter, tels des migrants, ils arrivaient dans le petit matin avec leur famille. Ils ne me laissaient tranquille que si je leur promettais une place sur le papier.

Quelle belle expérience, quel amusement. Je suis heureuse de connaître de tels personnages. Et même si je vous fais croire que j'ai écrit le mot FIN, il n'en est rien dans la réalité. Qui suis-je pour arrêter ainsi des trajets de Vie ?

Si ce premier partage écrit vous a amusé, peut-être même transporté (téléportés!),

Si vous avez vu les personnages et les lieux aussi nettement que moi (mais à votre manière),

si vous avez ressenti des émotions quelles qu'elles soient,

...bref si la « tribu » vous a apporté...

Alors j'en suis heureuse et je me permettrai peut-être de donner des nouvelles de mes compagnons nocturnes ! Car oui, ils continuent à vivre.

Et même si, plus tard, je ne trouve pas l'envie, ou l'occasion, sachez que ma nouvelle petite bande d'amis me donne toujours de ses nouvelles. Et je sais déjà que la « Joyeuserie » va s'agrandir (en s'inspirant de l'éco village ardéchois des Buis). Il y aura une école d'un nouveau genre, une maison de retraite trop cool, un parc animalier, un parcours sportif et des tas d'activités. Cet institut médico éducatif (ce terme ne me convient pas, mais bon...) va s'ouvrir encore plus vers l'extérieur et s'enrichir de la participation de chacun. Dans cette dynamique Kimberley prépare un défilé...Mais chut je n'en dis pas trop car il y a encore beaucoup de travail. Et tout est si fragile. Je vais sûrement aussi rencontrer de nouveaux personnages.

Et puis vous pouvez également écrire la suite...ça sert aussi un peu à ça, un livre.

Si chacun fait sa part...

Et pour les mercis : demandez à Einna, nos amis, nos amours, nos passions se ressemblent tellement....

Eh, ho ! P'tit Clou, tu me lis ?

ZinkAnnie

Table des matières

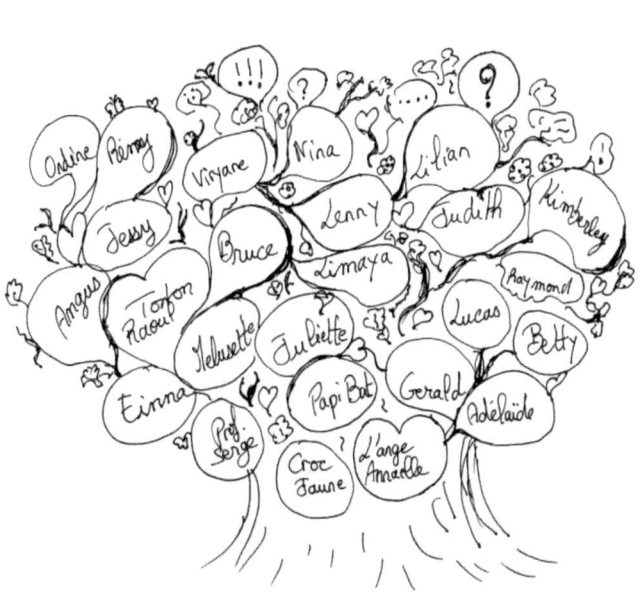

Un p'tit mot sur l'auteure :

Comme elle aime à le dire : ZinkAnnie n'est pas seule dans sa tête. Depuis de nombreuses années, elle imagine des personnages plus ou moins farfelus. Et lorsqu'elle décide de les faire (re)naître à travers ses mots, voilà ce qui arrive : Un premier petit roman sans prétention voit le jour.

Dans « Spirale familiale autour d'un solstice », l'auteure met en scène des êtres simples et attachants. Et même si certains sont dotés de pouvoirs particuliers, elle est presque sûre de les avoir déjà rencontrés...et vous aussi peut-être.